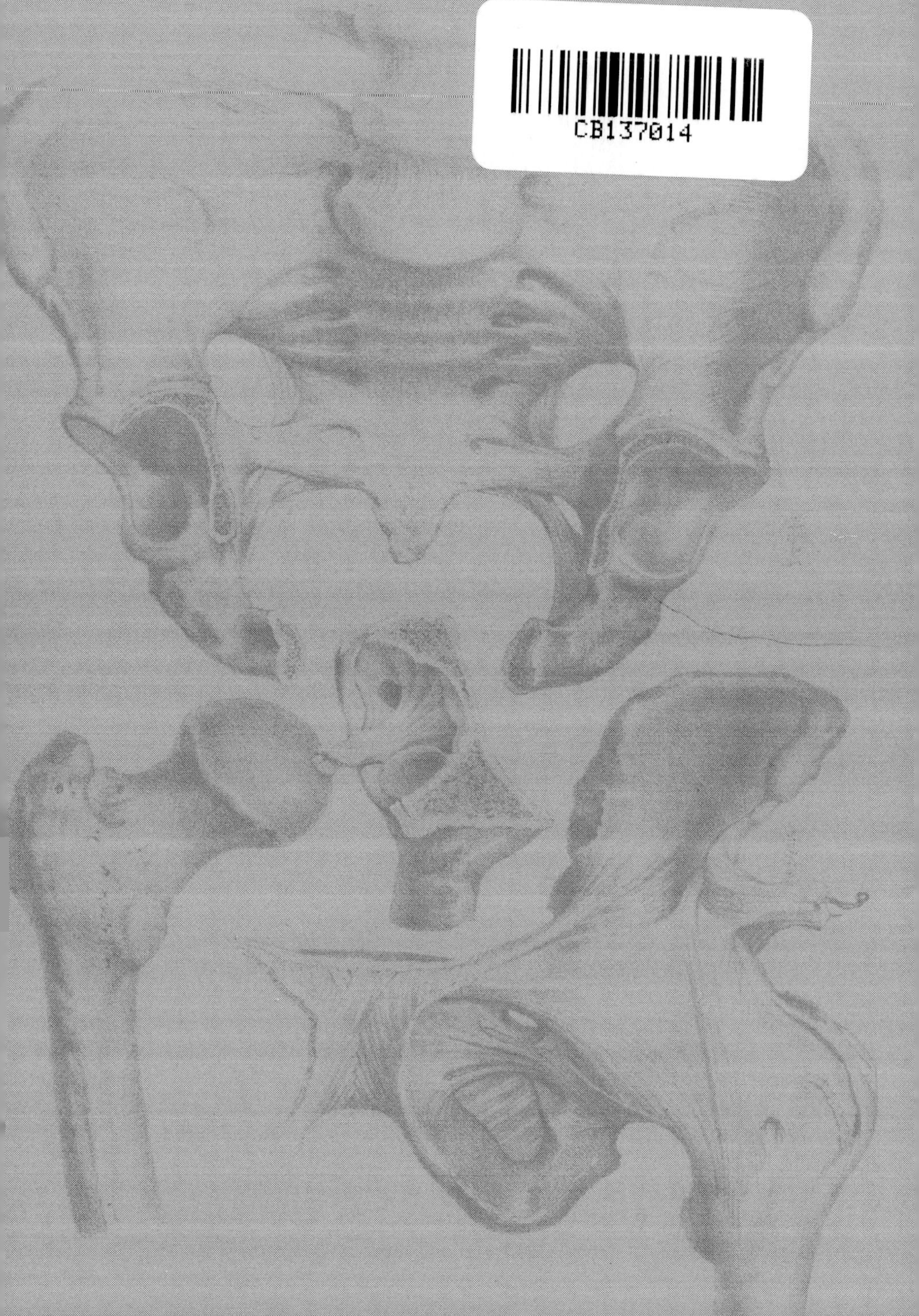

Kotter Editorial
2021

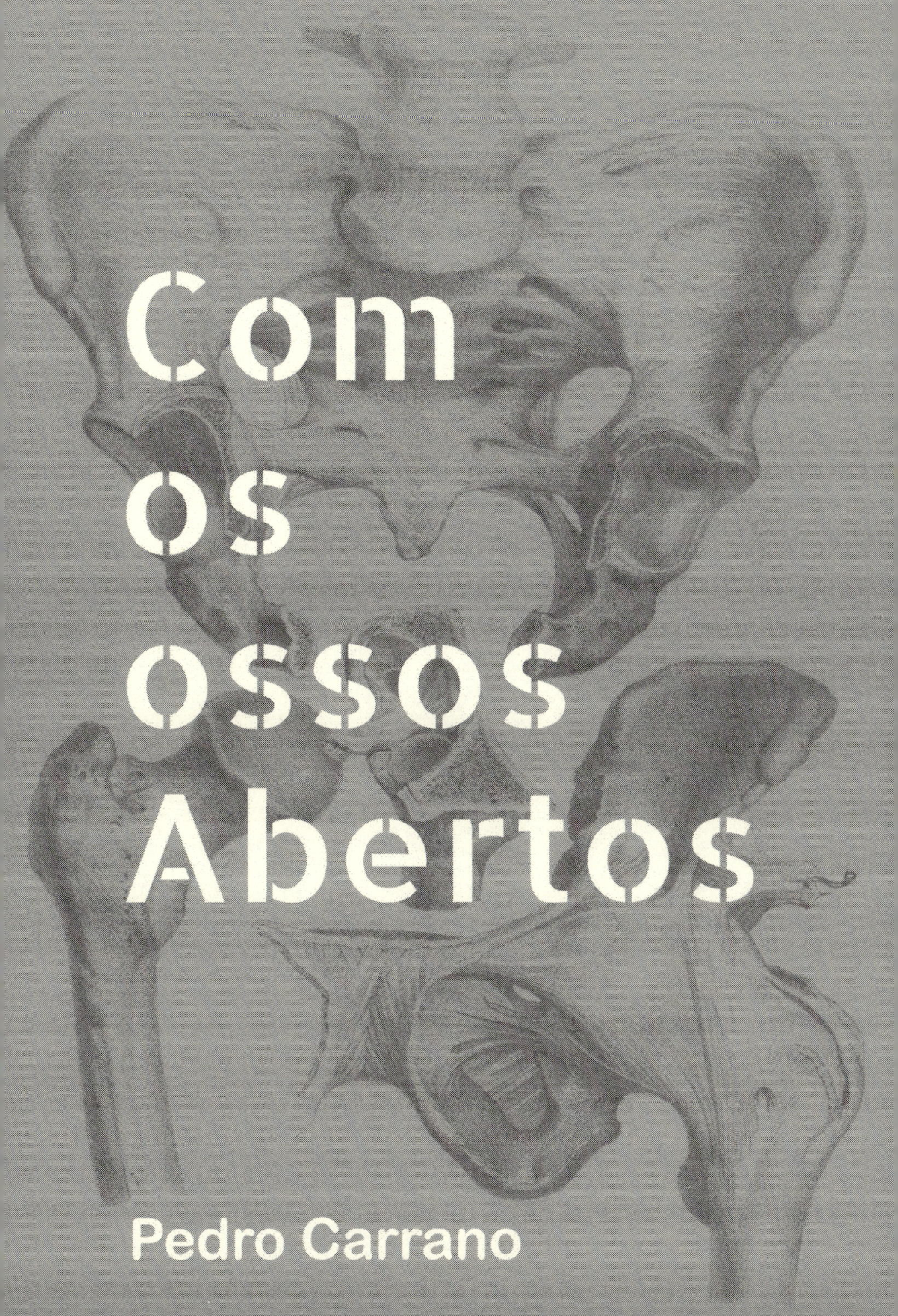

Com os ossos Abertos

Pedro Carrano

coordenação editorial
Sálvio Nienkötter

editor executivo
Daniel Osiecki
Claudecir de Oliveira Rocha

editora-assistente
Francielli Cunico

projeto gráfico
Paula Villa Nova

fotografia
Leandro Taques

produção
Cristiane Nienkötter

Dados Internacionais de Catalogação na Publicação
(CIP)
Angélica Llacqua CRB-8/7057

Carrano, Pedro
Com os ossos abertos | Pedro Carrano
Curitiba: Kotter Editorial, 2021.
144p.

ISBN 978-65-89624-03-5

1. Literatura brasileira 1. Título "Com os Ossos Abertos"

CDD B869.3
21-0674

Kotter Editorial
Rua das Cerejeiras, 194
82700-510 | Curitiba/PR
+55 41 3585-5161
www.kotter.com.br | contato@kotter.com.br

1ª edição
2021

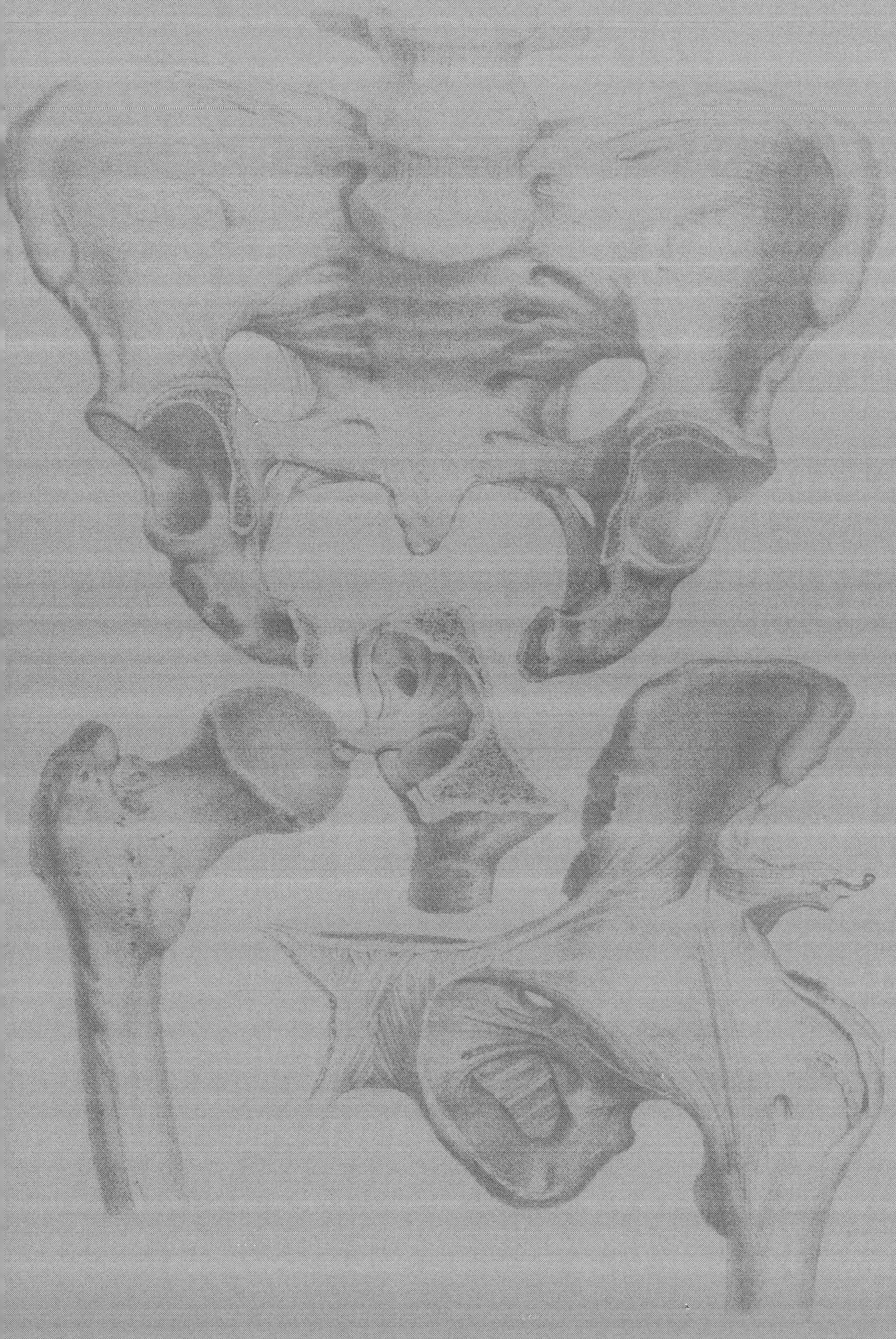

Esta história é pra Clarinha e pra Tatiana Araújo, com amor.
É também pra Eliane de Moura Martins, que me disse o título.

"Não há frase na agenda sobre essa sensação quase absoluta, que às vezes me assustava porque é só estender a liberdade e de um instante para outro você não tem mais passado, nem sente falta de nada porque é como se nada tivesse acontecido, ou só as coisas que você escolheu, as lembranças boas e inofensivas, e nada do que você disse ou fez a uma pessoa tem consequência porque nunca mais precisará encontrá-la, nem pensar nela, nem imaginar e confrontar o que foi feito dela em outro tempo e outro continente numa vida que às vezes nem parece ter sido a sua", Michel Laub.

Apresentação

Paula Zarth Padilha

A história *Com os ossos abertos* poderia ser perfeitamente uma jornada pela existência paralela de um homem e de uma mulher, como nos mostra Pedro Carrano no epílogo de sua primeira novela. Mas o autor de *Três vértebras e um primeiro testamento*, *História da Comuna de Oaxaca*, *Entre Muros e Montanhas* e *Cidade das pessoas*, livros com crônicas, poesias e jornalismo sobre suas andanças latinoamericanas, agora nos conduz por um roteiro imaginário, e historicamente situado, num tempo e num espaço territorial, que só poderia ter sido escrito por quem vivencia intensamente cada possível personagem que encontra pela vida. A história de muitas Rozas, de muitos Chicos e Lorenas avança pelos limiares das dores e das paixões, das indecisões e ilusões. Como pano de fundo, Carrano nos leva para o universo da luta dos trabalhadores, arriscando nos mostrar a dimensão visceral de quem se submete a *invadir* para ter acesso à moradia. Nos conta por dentro como é forjada a militância no sindicalismo e como essa forma de envolvimento confunde em cada dirigente vida pessoal e de trabalho. Vivenciada em Curitiba, a sempre fria capital paranaense, a novela nos traz as marcas profundas e aparentes de quem é migrante, que vive o paradigma de ser invisível e de não poder esconder sua origem, que é julgado o tempo todo por existir. O drama de Roza também nos revela pinceladas de como a população se informa e se molda, em pleno século XXI, pelas lentes do obscurantismo que insiste em nos acompanhar, num Brasil marcadamente e textualmente contextualizado por Carrano a partir do golpe de 2016. Pedro Carrano nos faz enxergar o que vê uma mulher indígena, que não se sente em casa fora de seu território, que foge da dor de suas origens por mais de 20 anos e se vê coagida a regressar, pelo amor e pela dor. Um enredo que comove e que afeta, não pela empatia, mas pela frieza. Uma novela sobre a vida, uma vida de luta, em que os sonhos são os caminhos que se percorre, são a própria jornada.

Chicão

Não sei. Sei não.

E o pensamento se congelava nesta sentença. Não é a vida que coloca as coisas para a gente assim, do nada. O que parece mesmo é que as pessoas se atiram, às vezes sem paraquedas, para conferir o destino, as janelas que se abrem, as loucuras que aparecem pela frente. Assim discorria o Chicão naquele exato instante. Ele acreditava mesmo no tal do acaso, mas para alcançá-lo e fazer o barco remar nalguma direção, era preciso um pouco de coragem, um pouco de cegueira, para assumir o risco. Daí é que a vida decidia. Mas também esse pensamento logo se dissipava. Enquanto Chicão pensava e não pensava nessas coisas todas.

Chico, José Francisco, o Chicão, Chiquinho para alguns, conhecido como Paco no antigo serviço, Zé talvez soasse familiar para uns poucos, a maioria o conhecia como Chicão mesmo. Então ele escutou o chamado do alto-falante da kombi, pouco depois das seis da manhã, quando sua companheira Lorena se preparava para o trabalho e Chicão passaria mais uma tarde inteira entre a televisão e a espera para ser chamado no concurso da prefeitura. E ele não pretendia fazer nada até que saísse essa convocatória para os aprovados. Só que de repente aquela voz convidava os moradores a saírem do puxadinho de fundo de quintal e conseguir um lote na invasão que se iniciava. Organizada na madrugada do mesmo dia, sem que ninguém na vizinhança soubesse, era o carro de som que anunciava o fato, chamava a atenção dos casais que não aguentavam mais morrer com metade do salário do mês no aluguel, dos malucos dispostos a tudo, dos curiosos, dos que não tinham nada a fazer num momento como aquele.

A moçada toda do bairro saía de casa com aquele chamado, bichos desconfiados deixando a toca, olhavam de longe aquela agitação no terreno gigantesco: compensados, madeirites, pregos batendo, serras e velhas enxadas. Pequenos caixotes de vida erguiam-se com velocidade gigantesca. Chicão e Lorena observaram que o vizinho, sorriso envergonhado, carregava um colchonete, um pedaço de telha, um móvel velho que não usava mais, para garantir o pedaço de lote.

Aquele terreno era gigantesco. Dizem que pertencia ao maior empreiteiro desse Brasil, documentos que só surgem depois que se pisa naquele chão. Durante anos o lugar foi habitado por um caseiro, dois cães, uns três cavalos e vacas cuidando daquela imensidão, pontuada de araucárias, mato e um córrego. Ninguém nunca tinha ousado passar a cerca e a vila, na verdade, se amontoava de casas ao lado daquela pequena selva farpada protegida por arames. Os vizinhos agora entravam no terreno por todo os lados, como se uma autorização oficial tivesse dado o sinal verde para o gesto gratuito de rebeldia. "Invadimos!", palavra firme e cantada em cada boca, entre sorrisos lambuzados de tanta vida.

Aquele movimento de pessoas era liderado por um tal de Moreli. De uma magreza confiante, caminhava pelas ruas que se abriam e as pessoas orbitavam em torno dele, pediam informação, vinham conversar, seguiam seus conselhos, suas ordens, as tarefas que Moreli passava, as orientações. Gostavam até das broncas que ele pagava e admiravam o cavanhaque bem feito. Precisava montar a cozinha? alguém falava então com ele e algum contato providenciaria as panelas e o botijão de gás em pouco tempo.

Lorena ainda estava no trabalho e devia ser onze da manhã quando Chicão decidiu por impulso. Conversou com o tal do Moreli, falou um pouco da vida do casal e o líder simpatizou com ele de cara, "E daí eu arrumei um lote lá na entrada da invasão", foi o que ele justificaria mais tarde para Lorena. O lugar era tão grande e chegaram tantas famílias, tantas ruas foram feitas, que o Moreli passou a coordenar um dos blocos do outro lado do terreno e então ele e Chicão não

voltaram a se ver tão cedo. Depois, em pouco tempo, o novo ocupante ganharia a comanda de coordenador daquele bloco, a confiança do mandachuva. Chicão, responsável pelas reuniões naquele pedaço de chão batizado como o Morro.
A cada dois dias aconteciam reuniões entre os dez coordenadores de cada bloco, com a presença do Moreli e de mais algumas pessoas do grupo de confiança e do banco de reservas dele. Alguns traziam a experiência de outras ocupações como aquela. O líder tinha receio de topar com infiltrados da polícia. Isso dava para perceber, então Moreli chegava somente quando a reunião já estava acontecendo, "boa noite", não conversava muito e nem dava muita confiança, apenas os informes dos seus contatos, das articulações com seus muitos contatos, tudo para não acontecer o chamado despejo forçado, ou reintegração de posse, palavra respeitada, assim Moreli ia embora antes dos coordenadores do bloco finalizarem a reunião. Hoje, quando olha para trás, Chicão avalia: "aquele foi o primeiro rojão da minha vida". O primeiro de uma série que viria. Moreli, também apelidado pela sua brigada de confiança de Moreno, Secão, Moreli Maluco, MM, o cara que oferecia a mão e você deposita a vida bem ali. O tal de destino que Chicão fritava tanto na cabeça. Antes de sair da reunião, Moreli olhava apenas para o mais jovem coordenador, acenava com a cabeça e dizia "Falou, meu comandante".
Comandante. Moreli Maluco inventou de chamar Chicão assim.

Roza

O bom era isso.
Roza amava o horário das três da tarde, quando não tinha ao certo o que fazer e nem obrigação de fazer coisa alguma. Exatamente essa incerteza. É a hora quando o dia está pela metade, o sol forte, a preguiça, a moleza, a tal da leseira que domina todo o corpo. Naquela época, naquele horário das três horas, Roza ia até a praça Carlos Gomes para escutar água jorrando na fonte. Nessa vida já fazia anos que conviveu com uma queda d´água, então recordava o som do líquido por aquelas pedras até cair na piscina gosmenta. Quase uma cachoeira. Mesmo que pequena. Mesmo que suja. Mesmo que sem poesia. Mesmo que a piazada se banhasse

por ali, sol na moleira, naquela água esverdeada, às três da tarde, e também durante a tarde inteira. Naquela condição, o importante era aproveitar os momentos, preciosos minutos, alguns respiros de fôlego impossível, antes de se encaminhar para o turno do trabalho mais à noite. Ali, naquele único instante, nenhum supervisor carrancudo iria pegá-la no momento delituoso, vontade curta de abolir a contagem do tempo e das suas funções. Aquela rebeldia de tentar não ser ninguém, enquanto se somava aos perdidos e abandonadas da praça.

Logo ela estaria no ambulatório do pronto atendimento, diante dos casos de urgência e emergência, nas vias, sangue e infusões convivendo e determinando a vida das pessoas. Era para isso, afinal, que encarou o curso técnico e era o que ela sempre quis fazer desde que deixou a região da fronteira, no Iguaçu, e tomou um ônibus de dez horas na madrugada quente rumo à friagem de Curitiba. "Aqui estou", pronunciou logo depois do último degrau do ônibus. Era um pouco isso. O silêncio de Roza na rodoviária, a visão do viaduto por cima do estádio, aquele ruído duro de batráquios, jovens e pedintes na madrugada da cidade muda. Não tinha do que reclamar.

PRIMEIRO CAPÍTULO

1.

Era a primeira vez que Chicão assumia uma responsabilidade que exige firmeza e gera confiança.

Nunca tinha sido da associação de moradores, nem do grêmio da escola, nem representante de turma, nem movimento estudantil, nem síndico, nem qualquer coisa nos lugares onde trabalhou, nas fábricas por onde passou, nos bicos que prestou nalguma beira de estrada. Nada daquilo. Sua vida era do pouco, nisso era farta, exata. Mas agora ele era um dos organizadores daquela invasão, tinha o respeito das famílias, que ignoravam o fato de que Lorena também se dedicava tanto ou mais do que o marido naquele novo espaço. "Mas todos só valorizam você aqui", a companheira ironizava. Todos chegavam mesmo a dizer que se aquele tanto de gente um dia virasse um grande movimento de moradia, com bandeira, pauta, símbolo de ferramenta, pessoa jurídica e tudo o mais, Chicão seria um dos líderes, o "presidente", alguns também brincavam e o provocavam com o novo perigoso apelido. O cara. O capa. O major.

Vieram então mais tarde as inevitáveis horas de espera, de café, cigarros, notícias no celular, uma ou outra roda de chimarrão, horas de prosa atravessadas por todo o tipo de boato. Moreli comandava as conversas na ocupação: atendimento aos jornalistas, aos pesquisadores da universidade, às incubadoras modelos de arquitetura e de advocacia em busca de informações e dados sobre o que se passava na esteira daquele movimento de gentes. Conhecia também os grupos de trabalho, as entidades, os órgãos públicos, que davam o ar da graça. Toda essa renca de pessoas querendo compreender o movimento da realidade que, para Moreli, era algo brotando fácil e naturalmente, como se ele forjasse ou pudesse manipular a realidade do jeito que bem entendesse. Era um profissional, vivia de ações por toda a periferia sul de Curitiba, na Cidade Industrial, Pinheirinho, Sabará, Bairro Alto, Sítio Cercado, Boqueirão, Alto Boqueirão, região metropolitana de alto a baixo, Moreli, Moreli loco, passou por todas as tretas, sempre voando baixo na sua Parati rebaixada, vidro fumê, chamadora de atenção. Ele surgia, peito magro erguido, olho firme, uma fala esganiçada e cortante, olhos fixos, jeito cativante nas assembleias noturnas, e também na frente do microfone de jovens repórteres divididos entre o cinismo e a ingenuidade. Tinha a palavra certa para o momento certo. Um radialista de rua, sem equipamento nenhum. Informante e objeto da notícia ao mesmo tempo. Já foi dois ou três. Dizem que o chefe do grupo que assaltava e liberava as cancelas de pedágio na saída da BR. Dizem que foi também black block. O que se sabe é: uma sensibilidade na beira da pele para entender o que podia convencer as pessoas em um determinado instante. "Não sou o Moreli, não tenho facilidade para conversar assim, do jeito dele", Chicão comentava.

Foi um sacrifício daqueles para que Chicão não gaguejasse falando para a multidão na assembleia. Olha só: ficava aquele silêncio no terreno enorme, cortado pelo frio da noite, e quando ninguém sequer respirava, o vento rasgava no final de tarde descampado. E era a vez de Chicão engolir todos os monstros do estômago e se pronunciar:

- Vocês estão me ouvindo aí atrás?

O mais difícil era encontrar algo para distrair a todos naqueles intervalos de tempo quando a espera predominava e não havia muito o que fazer além de aguardar uma decisão de algum juiz desconhecido sobre o pedido de despejo forçado que já havia sido notificado para o grupo de Moreli. Organizar os pedidos das pessoas, escutar as críticas, as perguntas, os anseios. "O MM é um profissional. Eu, não sou não", Chicão sempre fazia questão de lembrar, nas ponderações de final de noite ao lado de Lorena, enquanto olhavam o movimento das nuvens no céu avermelhado através dos buracos da lona do barraco.

2.

A ocupação fez quarenta e poucos dias de vida.

O ponto crucial enfim havia chegado. Os coordenadores já contabilizavam nos cadastros mais de seis mil pessoas. Pessoas que agora já se conheciam. Eram todas da região, ou eram parentes que vieram de outros lugares o quanto antes rabiscar o seu lote naquele terreno sem fim. A decisão de ficar ali ganhava um caráter mais forte, mais perigoso. As pessoas fizeram a sua escolha e não tinham condições de manter as coisas no lote e, ao mesmo tempo, continuar pagando o aluguel nalgum outro lugar. Alguns tiveram problemas com os pais, o que forçou a também tomar a decisão:

entre ficar ou decidir pelo terreno invadido de uma vez por todas. Passo difícil, no vazio. Outros já haviam largado a casa no dia primeiro do mês para não pagar novo aluguel. Foi o que Lorena e Chicão fizeram, sem chance de volta. Motoboys, seguranças, assistentes na construção civil, domésticas nos apartamentos do centro da cidade, do Batel, do Champagnat, do Jardim Social, do Água Verde, do Ecoville, todo o tipo de gente atirando-se, lemingues para atravessar o abismo gelado; uma casa firme de material e outro punhado de sonhos simples na cabeça caso alguém questionasse os motivos. Nada mais. Nada mais. Era só isso, coisas simples o que desejavam. Mas a calmaria acabou, já pesava sobre os ombros a ordem de despejo, de reintegração de posse, de manutenção da lei, da honra, da propriedade, do antigo gado que pastasse lento na calma da falta de sentido. "Por que não apareceu antes? Esperou a gente deixar o barraco todo bonito", Lorena ironizou o documento trazido pelo oficial de justiça, o documento, que na realidade pouca gente viu, em pouco tempo já estava circulando nos grupos de Whatsapp. Era assim mesmo, um medo gigantesco: viria o despejo, nalguma madrugada dessas que passaram a ser cada vez mais longas. E os dias cada vez mais curtos. As reuniões ficaram tensas. Embora o Moreli seguisse frio, gélido, um líder budista, um professor milenar de filme de caratê, sem abalo nenhum. Um general experimentado e desinteressado naqueles horrores das guerras que eram sua rotina, sem chorar pelos mortos ou se importar com os fracos que abandonaria sem receio. O que é incontável na

vida de MM é o número de inimigos que ele colecionou pelo caminho. E ainda conseguiu respirar sorrindo. Os coordenadores da ocupação não conseguiam se espelhar em Moreli. Estavam agitados, aflitos, por vezes descontrolados e deixando a inexperiência naquele tipo de situação transparecer.
Moreli deu a tese:
- Essa madrugada os homens vão vir despejar. Não deu certo a conversa com o secretário de habitação.
- E o que a gente vai fazer?
- O negócio é a gente queimar pneus na rodovia de baixo, na frente da rodovia, perto da rua de baixo.
- Vamos defender a ocupação.
- Vamos nos armar.
- Vamos proteger as crianças.
- Já fizemos isso várias vezes.
- Junta os cachorros. Vamos arrumar capacetes e fazer uns escudos.
- E a polícia?
Eram algumas das falas que saltavam à mesa, intercaladas por alguma voz mais receosa:
- A polícia vai destruir a gente.
Moreli foi então quem decretou o que era para ser feito. Levantou para fumar um cigarro e, mais uma vez, não se abalou quando a Mara, líder do bloco cinco, questionou, os braços grossos, paulistana, olhos graves, braço firme de quem ergueu sozinha alguns barracos, e também derrubou sozinha outros:
- E que putíssima merda a gente vai fazer se for despejado?

3.

Fogo, fumaça escura e cheiro forte de pneu queimado em cada uma das entradas da invasão, que mal teve tempo de ganhar um nome.

A madrugada começava a forçar o seu parto induzido, os primeiros tons de vermelho contrastavam com as labaredas de fogo ateadas por aqueles jovens comuneiros. A estrela vésper e alguns tons de lua ainda despontavam no céu, mas já eram borrados pela fumaça escura e de cheiro fortíssimo. A expectativa estava no repórter que atravessou a noite ao lado do seu parceiro fotógrafo, na busca de um relato forte dos acontecimentos, estava no grupo de apoio que adormeceu numa barraca na calçada, repleta de cartazes clamando pelo direito daquelas centenas de famílias. Estava no vendedor de laranjas posicionando-se para sua sobrevivência em um dia de auge de vendas se houvesse gás lacrimogêneo no ar. Os barracos seguiam calados. As notícias já se haviam generalizado por todo o Brasil. Algumas imagens daquela gente toda preparada para o pior e para a guerra já bombava nas redes sociais, a partir de uma simbologia precária: paus com pregos, capacetes, joelheiras e cotoveleiras para amaciar certamente as inevitáveis quedas. Os barracos lançavam pequenas fumaças vindas do bule dos cafés e do fogo magro e improvisado. Outras chamavam a atenção graças ao latido de rottweilers, dos pastores e dos mestiços amarrados por um fio de náilon nalgum pedaço de pau cravado no chão. Os adolescentes preparavam-se com pedras, capacetes na cabeça, escudos improvisados com o que encontravam. Estavam em pequenos bandos, pequenas células por blocos, mas sem uma liderança para dizer o que devia ser feito. A expectativa era de que Moreli surgisse antes das seis da manhã, horário de agenda institucional do despejo, era o que o telejornal avisava, dizendo a hora e o local e a razão. A expectativa também estava na voz ansiosa dos radialistas, anunciando o confronto, lançando opinião favorável ao fim da invasão que atentava contra o direito de propriedade, invadida sabe lá com que interesses ocultos. O radialista insistia que passou na frente do local e constatou:

- Muitos são proprietários de carros, não precisam estar ali, têm condições até de comprar um carro.
Chicão e Lorena sentiam um gelo na espinha, confidenciaram a situação um para o outro. Mais tarde, de voz em voz, de informação em informação, os repórteres chegaram até o bloco oito e descreveram Lorena como a liderança local, rodeada por câmeras, gravadores na direção da sua boca, em um giro de 180 graus em torno do seu corpo. Naquele momento, "uma inveja atravessou o corpo de Chicão, ele que já experimentava certo incômodo, passara do voluntarismo e da entrega gratuitas para ser invadido por uma pontada de inveja se não fosse reconhecido. Ele, que era considerado até então a liderança, referência para qualquer decisão por ali. Lorena, por sua vez, ofegante, lançou a voz para a cidade, falou da situação das famílias, falou da dor e da dificuldade, falou que:
- "Ninguém aqui é vagabundo coisa nenhuma, gente trabalhadora que quer pagar as prestações da casa", dizia e chorava.
Lorena citou inclusive um dado de Moreli que sempre os impressionava e calava:
- Não temos como entrar na fila da Cohab, já tem mais de 80 mil pessoas lá.
Os jornalistas, levemente comovidos com aquele relato vivo, gritante, presente, buscavam mediar:
- Vocês então querem pagar pela casa?
- Sim! Queremos a escritura. Queremos pagar por esse chão aqui.
E as câmeras puderam registrá-la por alguns segundos exalando choro. O mal estar e a dor de cotovelo de Chicão eram

abafados pela situação extrema. A manhã amadurecia, fruta amarga, café dissolvido e sem açúcar. As tropas se enfileiravam ao redor da ocupação, oceano de capacetes lembrando algum filme épico visto na televisão nalguma sessão da tarde. Chicão, Lorena, e aquela juventude toda não adivinhava o que viria daquele mar de escudos, capacetes reluzentes, pastores alemães treinados para a inimizade contra o humano. Não estavam em um filme 3D. Os jovens queriam orientação e, na falta dela, explodiram os primeiros enfrentamentos na barricada de pneus da rua de cima. Pedras e paus contra balas de borracha, gases e sprays travando os pulmões e as vistas. Chicão ainda orientava a comunidade a agir com tranquilidade, "Calma", "Calma", a formar uma corrente humana na entrada do seu bloco, ao mesmo tempo em que temia ser identificado como liderança junto com Lorena, receio de serem perseguidos, presos, sabe lá o quê. General em plena debandada, Chicão gritava e seu grito ecoava sozinho. A bandeira do Brasil era erguida e passava de mão em mão naquela fileira de corpos, aquele bravo exército derrotado entoando seus cânticos conhecidos, recordando o brado heroico às margens do Ipiranga, desejando que viesse a nós o reino dos céus, em vários padres nossos repetidos com força, com olhos fechados, com os joelhos ardidos no chão lamacento e de cascalhos pontudos. Mas eles conformavam uma minoria de pacifistas naquela situação. A maioria foi para a linha de frente, foi buscar pedras nas calçadas e o alvo certo no escudo e no rosto dos policiais. Zigoma, palavra que passou a ser conhecida em um dicionário popular depois que um policial foi atingido justamente no rosto. Outros ocupantes então se ajoelharam e ergueram as mãos para o céu absurdamente azul daquela manhã curitibana. Chicão pedia calma, pedia calma talvez para ele mesmo, pensava em Moreli, que sequer aparecera na hora do fervo. Muitos diziam que ele na verdade tinha acordo com os proprietários daquele chão. O trato era ocupar, livrar a área e arrancar os malditos pinheiros, para que assim o grupo empresarial não levasse multas da prefeitura. Quem sabe. Tese a ser investigada anos depois. Quem vai saber a verdade àquela altura, o escapadiço verdadeiro dos fatos. A areia movediça da realidade que a narração não consegue alcançar. Depois, o terreno seria abandonado à construção de um belo condomínio residencial de cercas elétricas. Ou seguiria abandonado. "No fundo, Moreli não teve controle total da situação, recebeu mais gente do que esperava", refletia Lorena. Gente às centenas. Mas que se foda tudo isso acabou sendo o sentido mais geral e palpável. A ação já não era de Moreli, mas daquele povo todo. O líder, de Jesus e guia, passara rapidamente à Judas, a um vendilhão do templo, um filha de uma grande puta, que sequer veio se somar aos que enfileiraram seus corpos para receber a extrema unção das balas de borracha e a delícia do respiro do lacrimogêneo.

- "O pulmão chega a parar de funcionar por alguns segundos".

Em vinte minutos e todas as barricadas foram desfeitas pela polícia militar. Isso ocorreu desde a entrada onde foram insuficientes as pedras, os gritos da juventude, a ousadia, a loucura bruta, os paus, o fogo contra aqueles escudos de homens com botinas de filme futurístico. Dentro da imensidão do terreno, cada barraco veio abaixo, as famílias tinham tempo de retirar colchões e o que mais fosse essencial. Perderam muita coisa, coisas sem valor no mercado, coisas que não merecem cálculo. Vencida a vanguarda, os policiais avançavam sobre o grupo de Lorena, que convocava todos a ajoelharem de costas para a fileira que marchava na sua direção. Cassetetes ritmados, formando tambores musicais de encontro aos escudos, reconquistavam o terreno perdido para a horda, a turba derrotada como bárbaros de armas ultrapassadas.

- Pai nosso que estais no céu, perdoai as nossas ofensas, assim como nós perdoamos a quem nos tenha ofendido!, gritava uma das mulheres.

- Policial, você também é negro, é trabalhador que nem a gente!

Lorena e Chicão sentiram apenas o escudo suave e sensível deslocando seus corpos para frente, vindo da tropa que marchava em ritmo marcial na direção deles. Para alguém com asma alérgica, o spray de gás pimenta é um delicioso aroma, trauma parecido ao que um gato deve sentir atirado numa piscina. O pulmão trava, o mundo fica mais devagar, Chicão recordaria aquela sensação para sempre. Entre os milicianos, uma lágrima leve de dor daquele soldado que despejava um primo de segundo grau naquele momento. Então, a correria, a dispersão, cada um que se salvasse das doces balas de borracha caçando tornozelos e mordendo panturrilhas. O ritual estava mais uma vez montado naquele altar de sacrifícios repetidos. Um misto de revolta e impotência em Lorena, que a marcaria para sempre. "Vale a pena essa merda todo? O que conseguimos?" Mesmo no calor dos fatos, Chicão se permitia ficar ensimesmado, quase pensativo. "Era essa a tal da luta, que um amigo do Moreli sempre se orgulhava de fazer parte". O comandante-mor tão ausente agora como os cães, pit bulls cagões diante daquela massa, protegendo no máximo o limite do fio de suas coleiras. Chicão pensava enquanto era parte integrante daquele filme em câmera lenta, enquanto cada olhar era uma cena de batalha. Mulheres chorando na porta dos barracos, ajoelhadas e retiradas à força pelos policiais. Os madeirites cinquenta reais cada peça e agora eram consumidos pelo fogo, enquanto um dos policiais filmava a cena, no local onde sequer os jornalistas podiam chegar. Os compensados úmidos tocando as primeiras chamas de fogo. Mais fumo escurecendo o dia. Chicão e Lorena se dispersaram. Na rua de baixo, ele tomou parte ainda na última bateria de resistência de um exército derrotado. Indignados, moradores da região saíram às ruas, somaram-se a um grupo de despejada contra o cordão de isolamento formado pelas tropas. Alguns atiraram ovos pelas janelas. Porém, tão somente três soldados foram necessários para bater o pé e decretar um salve-se quem puder ladeira da rua abaixo. Eram uns cinquenta rostos correndo o máximo que podiam naquela rua de vila estreita, lançando a barriga para dentro e encolhendo a bunda para fugir de cassetetes duríssimos batendo nos cus, nos ombros e nos dorsos despreparados, corpos e panças desajeitados para o combate e disciplina exigidos. Ninguém ali naquela vila era de guerra, soldados reservistas por necessidade. Sem contar as balas de borracha salpicando naquela confusão, em busca de algum alvo torto para vitimar e gerar uma narrativa. Chicão era um desses velocistas de ocasião. Olhava para o lado, via sorrisos marotos no rosto de jovens em busca de adrenalina e aventura, investindo finalmente numa guerra particular contra o tédio dos dias. Mas ele via também choro infantil no rosto dos diretores de ongs que entraram na história de bom coração, mas quase foram linchados pelos moradores, acusados de responsáveis por aquela situação toda.

- "A culpa desse despejo é desse pessoal aí da ong! Mandaram a gente resistir e a gente se fodeu!", gritava uma amiga de Lorena.

- "Vamo quebrar eles", outra pessoa sugeriu, mas sem grande adesão.

Chicão via senhoras de meia idade carregando filhos índios, negros, mamelucos e cafuzos debaixo dos seus milhares de braços de mulher, retornando ao estágio de sempre da vida, que é o dia de hoje sem noção do amanhã. Chicão martelava o pé junto com todas essas pessoas. Os policiais não foram em frente com a perseguição. Ele desistiu de buscar uma pedra solta na calçada, foi em busca de Lorena e teve a impressão de que daquele dia em diante a vida dos dois não voltaria ao bom porto do cotidiano manso. No mais, ao fim da tarde, todos por ali já estavam na rua, buscando, como sempre, algum novo rumo.

4.

Perto do Natal, o clima da recepção e do ambulatório lembrava fumaça de incenso.

Dava para deslizar naquela atmosfera e na ruptura temporal causada por ela. O ano acabou. Era dezembro. Mais um dezembro em Curitiba. Roza e as demais pessoas sentiam o coração mais selvagem, as expectativas se acalmando, para daí renascer no dia dois de janeiro do ano seguinte. É assim mesmo. Em meio a esse clima, vem a morte e alcança, de surpresa sempre, sempre, a vida de uma família, de um grupo de amigos, todos reunidos no saguão do hospital, no café ao lado da recepção, arriscando uma ou outra narrativa sobre o falecido, sobre o amigo que estava sendo consumido por um câncer veloz ou sobre um parente que acabara de passar por uma cirurgia e então o caso era respirar mais aliviado, porque a tendência das coisas é que tudo possa ficar bem. Também, por que não um flerte com possibilidades otimistas?

Roza transitava por essas pessoas, durante todo o ano, mas em dezembro com essa sensação, a morte latente justo porque era semana de Natal, para as pessoas isso queria dizer vida e esperança e nascimento. Impressões. Fantasma brasileira, Roza passava oculta, entrava e saía dos quartos. Eram muitos nomes, talvez todos os nomes que velozmente ela esqueceria, e que em alguns casos sequer se lembrariam dela. A família e a paciente sequer fixavam seu nome, suas cores morenas e seu traço forte de índia, presente em seus olhos, cabelo e pele escuros. Mas algumas exceções abriam-se e Roza também ficava amiga, confidente de muitos pacientes. A enfermeira tinha talento com os mais velhos, isso já desde a infância. Sentia-se mais à vontade com eles. Compartilhava esse estranho sentido de caminhada final.

A professora universitária, internada no quarto 342 desde o começo daquele dezembro, interessou-se pela sua ascendência, visível no modo e na aparência de Roza.

- Você é descendente indígena, não é?

Roza apenas riu.

-De qual região?

- Do Iguaçu.

Entre um tossido e outro, a velha pesquisadora animou-se com o fato de Roza ter se detido e deixado a bandeja de comida de lado.

- Seus parentes ainda moram lá?

- Sim, uma irmã, os filhos dela, sim senhora.

- Sabe falar o idioma?

- Alguma coisa. Sabia melhor quando era criança. Perdi muitas palavras.

- Eu pesquiso o idioma. Trabalhei na universidade.

- Me deixa colocar aqui o seu soro, com licença.

- Trabalhei num dicionário. Só que nunca consegui viver numa comunidade. Era o que eu mais queria, para conhecer a língua mesmo.

- Sim.

- Faz tempo que mora em Curitiba?

- Vim para cá jovem. A minha irmã e a minha mãe ficaram lá na fronteira. Fiz o curso de auxiliar de enfermagem.

Roza olhou pela janela. Os noticiários recentes falavam do número enorme de índios, caingangues na maioria, mas também guaranis, que montaram uma espécie de vila ao lado da rodoviária de Curitiba. A reportagem filmava o imenso varal de roupas que preenchia toda a extensão do viaduto. Deviam ser umas trinta pessoas. Talvez ali morasse alguém com quem Roza conviveu na infância.

- Não sei, acho que não conheço ninguém ali não, desconversou quando foi questionada.

Ela ficava com medo. Se topasse com algo desse tipo e depois não tivesse como ajudar a pessoa conhecida seria uma sensação insuportável, que buscava evitar. Preferia manter-se longe da rodoviária, do viaduto, dos noticiários também. De tudo na verdade.

- Vi a notícia do indígena esfaqueado na rodoviária. Tudo isso é muito triste mesmo.

A paciente continuou:

- Desculpe te chatear com essa conversa toda.

- Penso em ir para o Iguaçu no final do ano. Se a senhora quiser eu trago alguma coisa para a senhora.

- Seria ótimo, se eu sobreviver a essa cama aqui.

Era impossível para Roza calcular o número de fios de diferentes vidas que passaram pela mão dela. Apenas alguns poucos se mantinham ligados, algum tipo de contato e amizade por email. Roza sentia falta de algumas pessoas, de outras não tanto. Todas passavam. Mas o que a realidade não cumpria a memória tratava de seguir costurando, refazendo uma teia de terminações nervosas que tocam de todos os lados, que machucam, vão e vêm a qualquer momento, nessa máquina de sentidos, medos e dúvidas que todos fabricamos a cada dia.

Os contatos assim perdiam-se rápido, despedidas vinham acompanhadas de um "A gente se vê", ou "A gente vai conversando", ou mesmo de "Eu passo aqui qualquer hora". Roza estava acostumada com esse nível de promessas impossíveis de realização. O momento não podia apenas se perder nele mesmo. Era preciso alguma promessa de futuro, algum aceno. Mas havia algo sincero nesse ritual.

A atmosfera nebulosa e carregada daquele dezembro frio a assustava. Uma ameaça de tempestade que não chegava. Estranhava a nova amiga não ter chegado até aquele momento à pergunta:

- E a criança é para quando?

- Em poucos dias.

- Já passou do Natal.

- É para começo de janeiro.

- E você não para de trabalhar?

- Não posso, não tenho como.

- Boa sorte, tomara que tudo dê certo.

- Obrigada.

De lá partiu de imediato até outro quarto, onde o paciente repousava de olhos semiabertos. Parecia um morto, mas respirava com um chiado forte. Sua esposa também já estava derrotada, com o corpo meio torto, buscando recosto no braço do sofá duro.

- "Vocês têm a cultura do cuidado". Recordou rapidamente que a paciente anterior falou, com certa dose de idealismo.

- "Nem tanto", Roza respondeu.

5.

Um dezembro e um ano antes, dias de luta.

Na sede do sindicato municipal, Lorena sentada na última fileira, entre bancos desconfortáveis, atrás da roda agitada de pessoas, incomodada pelo adiantado do horário. Quando restaria buscar àquela hora um cachorro-quente para comer na rua, tomar o último ônibus madrugueira, dormir tarde e logo despertar para o trabalho no dia seguinte. Passou por aquela mulher de feições rechonchudas e traços indígenas, ao mesmo tempo em que Marcos, um amigo produtor de vídeos para o sindicato, interpelou Chicão. O amigo perguntou se o dirigente sindical reconhecia Roza, apontando

para ela e aproximando os dois. Roza mesma adiantou um "Claro que sim", que só não deixou Chicão confuso porque a presença de Marcos fez com que ele finalmente reconhecesse aquela auxiliar de enfermagem que sempre se sentava na primeira fileira, olhava Chicão de um jeito que transpirava intimidade, mas até então ele sequer a cumprimentara.
- Claro. Você era da ocupação lá do bairro.
- O tempo passou rápido.
- Muito rápido, faz mais de um ano.
- Sim.
- Sim.
- Você não era do mesmo bloco que a gente.
- Não.
- Ainda tenho essa marca de bala de borracha no braço.
- Nem fale, não aconteceu nada com o comando da PM.
- Nada.
Roza apenas transpareceu certo ar de ironia. Chicão via-se pressionado entre a vergonha por ter passado tantas reuniões sem reconhecê-la, ao mesmo tempo em que estava sob a mira do olhar de Lorena, cruzando com o seu um olhar indignado e aflito para ir embora.
- Sabe do Moreli?

6.

Sim, Chicão se recordava, um gatilho quando pensou em Roza, estampido de memória, aquela senhora indígena, moça e ao mesmo tempo anciã, a fila da doação de kits de madeira para construção das casas, ação das irmãs de caridade para a comunidade haitiana. Roza conseguiu um lugar na lista porque irmã Vânia simpatizou com a história daquela guerreira, sozinha entre barros, pedras, picadas abertas, pedaços de materiais de construção e de madeiras velhas, vinda de tão longe, sujeita a chuva, sem protesto e sem sequer um cão amarrado na porta do barraco, Chicão agora se recorda, a viu de soslaio, flash rápido, um clique guardado para lembrar somente um ano mais tarde, naquela hora ele apenas coordenava a confusão e caos de sempre, quando havia doação e entregas para a invasão, confusão de listas e cadastros que nunca davam conta do movimento dessas gentes, suas questões e dilemas: das vendas de lotes já valorizados no mercado, do valor de troca, dos assassinatos, acertos de contas, da Rogéria que trocou de barraco com uma prima, do João que trabalhava toda semana num lugar diferente e não parava em casa, deixando seu terreno visado por outras pessoas, do Klebão que só possuía o lote, mas não tinha casa, o Capivara que dormia sem telhado, Janaíta que morava sozinha e trazia a filha e o cão no final de semana, Denise ainda sem banheiro, Baiana sem água, e Chicão maestro torto de tantas vidas, compasso de orquestra ainda desafinada, os intrumentistas o olhavam e precisavam de uma resposta. Carrossel de pessoas e de vidas, só agora, no plano da lembrança, é que Chicão passou os olhos por Roza.

7.

- Chicao.
- Oi Roza, e aí, td bem?
- nao, td uma merda.
- ?????
- Vo acaba com isso, Chicao. É sério.
- te ligo, pera ae.

A conversa passou das mensagens para a ligação.

- Roza?
- Chega, estou desesperada, não aguento mais.
- Que aconteceu?
- Como o que aconteceu? Eu vou matar o Adriano, aquele filha de uma puta.

- O Adriano da chefia.
- Claro. Estou voltando a tomar remédio para dormir por causa dele.
- Mas por quê?
- Ele vai me fazer mudar de plantão de novo, não consigo mais saber que horas vou dormir, que horas vou fazer minhas coisas.
- E aquela ação de assédio moral que o advogado do sindicato fez?
- Vocês da direção do sindicato não fazem porra nenhuma.
- Como não?
- Ninguém fez nada, ninguém ajuda. Aquele cretino todo o dia me pressiona.
- Você está grávida Roza, seu filho vai nascer em pouco tempo, segura firme.
- E você, Chicão, é liberado para trabalhar no sindicato e fica fazendo o quê o dia todo?
- Calma.
- O que eu posso fazer, Chicão? Hein.
- Não entendo. Mesmo na condição de chefe na unidade, ele participa das reuniões no sindicato.
- E por que você acha que muita gente não participa das reuniões? Tem desconfiança com ele.
- Venha então participar do seminário sobre assédio moral, na semana que vem.
- Chega, Chicão, eu quero resolver isso logo. Não aguento mais.
- Calma, Roza.

- Sempre vai ter um abismo entre nós e vocês do sindicato.
As exclamações de dor seguiram sendo escritas no bate papo do celular, o que atormentou Chicão ao longo do dia, palavras martelando por todos os lados, fora, dentro.
- "Burocratas!........"
Chicão experimentava a angustia quando o celular acusava uma mensagem dela, porque no fundo suas respostas eram apenas mera postergação, ganhando tempo para não bater de frente contra a falta de uma saída para a situação de Roza, jogador que toca a bola de lado para deixar o tempo passar. Ele conhecia o enfermeiro chefe da unidade onde Roza trabalha. Até então, não tinha o que falar do sujeito, podia até considerá-lo boa pessoa e talvez até um chegado, "uma pessoa próxima", com quem participava das assembleias do sindicato, e que o recebia em local de trabalho sem criar qualquer muralha para o trabalho do sindicalista. Não havia motivo para desconfiar dele. Era difícil associar as denúncias de Roza com o que conhecia sobre o cara.

8.

O silêncio da madrugada tem o mesmo valor de um cigarro, puto, libérrimo.

Sem o peso da ansiedade, hora quando a maioria das pessoas dorme, despeja sobre o travesseiro o peso e o tédio de todas as coisas do mundo. Talvez este fosse o lado bom da troca de turno, Roza tentou, de forma quase inútil, se convencer. Um momento possível para ir ao lado de fora da unidade de saúde e congelar o tempo por uns dez minutos no máximo. Quando muito. Gostava disso. Talvez ouvir as estrelas, como nalgum momento os parentes dela devem ter conseguido atingir este ritual de intimidade com o céu imenso. Roza escutava fragmentos de conversas de pessoas do lado de fora, pais preocupados com a tosse dos filhos, taxistas passando devagar ali em frente e tentando a sorte naquele horário, guardas municipais circulando e parando, disfarçando a inevitável falta de sentido da missão que cumpriam toda a santa madrugada, playboys com carros rebaixados, escuros e com som arrebentando os tímpanos e rompendo o silêncio.

Roza pensava e não pensava naquilo tudo. Sabia que o brutal não estava exatamente ali, naquele intervalo de tempo que ela passara a valorizar. O que mais doía na verdade era o desencontro, a solidão e o sentido oposto:

- Não encontro mais nenhum amigo.

As manhãs a encontravam esgotada, zumbi de volta à terra. Cumprir alguma tarefa para a qual era designada como delegada de base do sindicato ficava impossível. Tudo isso apenas a irritava ainda mais, ela que sempre cobrou das colegas e do sindicato que as coisas ficassem bem feitas. As conversas com Chicão agora eram feitas apenas pelo celular, já não o encontrava mais. A culpa aumentava na mesma proporção em que se distanciava da vida do sindicato, daqueles que havia eleito como o seu grupo, pessoas que se tornaram referência para ela, enquanto o assédio e as armadilhas da chefia aumentavam. O castelo de cartas onde sempre depositou certo orgulho estava embaralhado e derrubado no solo. Colocava esse problema nas poucas reuniões que conseguia participar. Escrevia emails para Chicão e as pessoas que, Roza imaginava, resolveriam a situação? Na maior parte do tempo, até esquecia que carregava uma criança dentro de uma barriga que crescia pouco e distraidamente. Participava de seminários sobre o tema, debates na universidade, representava o sindicato em grupos de trabalho com a prefeitura até ter sido vítima da mudança de turno. Cobrava disciplina e compromisso. Mas agora se sentia sem saída, rio sem fluxo, mar sem cor, céu incolor, vento sem música, sem saber para que direção apontar a própria vida. Sabia apenas o próprio endereço às seis da manhã, quando o turno se encerrava junto com o escuro da madrugada.

9.

Chicoo
Solidao grande
nao te vejo e nao vejo mais ninguém
as vezes acordo as cinco
da tarde
as vezes as seis
cansaço que nunca senti
saco cheio.
Esses dias a Carla da unidade de saúde me agradeceu pela luta que a gente fez e conquistou.
Ando chorando muito

Nao aguento mais
Vc sempre na correria nao tem culpa nenhuma.

10.

Chicão cobrava a si mesmo companheirismo e que não deixasse a situação de Roza abandonada em meio à montoeira de tarefas do dia a dia.

Na condição de liderança, precisava ao menos amparar Roza naquela situação. "O Moreli que dizia isso, que um líder também desenvolve esse sentido de cobrança, mas também de proteção com os seus".

- O senhor é o pai ou parente da mãe da criança?

Foi a pergunta recebida logo que ele se apresentou na recepção. O aceno foi positivo por parte de Chicão, sabendo que sem ele não entraria tão rápido para vê-la.

A recepção de Roza foi tão indiferente quanto a do assistente médico que estava na sala. Informou que esperava um menino, como ela mesma previa e alguns amigos já haviam profetizado somente com o olhar para aquela barriga, como ocorreu no terreiro de umbanda. O rapaz jovem aproveitava a vinda de Chicão para reforçar as recomendações que jamais se cumprem. Descanso. Não se irritar. Abandonar o cigarro. A bebida. O stress. A ansiedade. As aflições. A cerveja, queda d´água de alívio depois de um dia que transborda por todos os lados. A gordura do pastel de carne e queijo. Dar um tempo nas reuniões que se estendiam até tarde da noite. Dormir cedo e bem. Todas as condições perfeitas nas quais nenhum ser humano nunca nasceu na História, nem nascerá.

Roza soltou um bufo misturado com um riso doído. Chicão tentou apertar forte a mão, que logo escapou pela tangente.

11.

Com os ossos abertos.

Recordava que ouviu essa expressão de uma senhora velha e de cabelos encaracolados numa noite já adiantada e de discussões longas. Com os ossos abertos, Roza finalmente pôde sentir a força dessa expressão nos seus próprios ossos da bacia se abrindo, depois de quinze horas de trabalho de parto, daquela vida passando inteira e completa, atravessando o seu corpo, completando o ciclo de maternidade buscada, no esforço do fundo mais fundo da sua alma. Não há aventuras seguras, por menores que sejam. As grandes aventuras da vida, quais seriam mesmo? Roza mulher, cumprindo uma forma de estar nesse mundo extremamente perigoso.

12.

A greve dos funcionários da saúde reuniu trabalhadores indignados na frente da prefeitura, diante dos olhos e da face surda do poder.

Desde a meia-noite de domingo para segunda-feira o gelo percorreu a espinha de Roza e de tantas outras enfermeiras, dentistas, auxiliares, técnicos, que pela manhã não fariam o trajeto comum até o local de trabalho. Não era uma quinta-feira, não fazia o sol suficiente do conto de Daniel Galera, nem a segunda-feira do filme dos trabalhadores portuários espanhóis, assim mesmo a brisa de insubordinação se alojou na coluna vertebral de Roza e de suas colegas.

A multidão de rostos conhecidos e, mais ainda, rostos desconhecidos, irmanados na identidade comum dos jalecos brancos, atravessando a cidade em marcha civil, caminhada realizada desde os tempos de Cristo, panfletos dados a olhares apressados e descrentes, neste momento no qual o país entrava numa polarização política, há décadas calma, agora se intensificava. As pessoas se desesperavam e passavam a falar de política, de uma maneira ou de outra, a falar da crise, do ajuste, da dívida de um governo que até então sempre houvera sido um assunto longíquo. Cada cidadão agora sentia-se armado de compartilhamentos, notícias falsas, imagens deturpadas e sugestão de ódio contra um poder mal localizado. Milhares de tiros no vácuo. O que antes era estabilidade e melhoria de vida, em um giro transformava-se e abria espaço para que se instalasse um clima de desespero e euforia nunca vistos há treze anos pelo menos. Roza deparou-se com um Chicão diferente, mais seguro, couro mais duro, experiência latente, um Chicão sindicalista acenando antes de subir no caminhão de som.

- Tomara que a gente não apanhe igual aquela vez da ocupação, ele disse.

Roza riu e disse pouco, quase nada, como é do seu costume. Deixou-se levar por aquele mar de gente vestida de branco, aplaudidos por algumas pessoas, xingados duramente por outras. Uma amiga sintonizou o rádio pelo celular e escutou que a população foi prejudicada pelo movimento grevista. "Filhos de uma puta", exclamou, e seguiu caminhando, sem ter para onde escoar a indignação. Um senhor de idade era entrevistado pela repórter e reclamava pelas horas que passaria sentado na unidade de saúde à espera de atendimento. Roza encontrava colegas com quem havia feito cursos, treinamentos, capacitações na prefeitura. Rostos de mulheres iguais à dela, cigarros na boca, mechas de cabelo branco emergindo no centro da cabeça tingida, marcas de garras que arranham a lateral de cada olho. Todas elas cansadas por questões pouco precisas, um cigarro no canto dos lábios secos, comissuras que há muito tempo não sentem qualquer gosto de mel. A vida distante, um abismo, distante anos-luz de qualquer sugestão de poesia. Olheiras que contornavam os olhos de todas elas, com maestria de pintor. Braços doídos, alguns já sem força nenhuma para erguer sequer uma mochila, tendões recolhidos e atrofiados como um velho e morto sorriso. Assim como a política, assim como a cultura, assim como a ciência, tudo parecia mesmo repousando em algum lugar inatingível para toda aquela gente. Roza pensava se o panfleto, o berro do caminhão de som, a explicação para o repórter carregado de cinismo, ajudaria aquelas pessoas a se fazer entender, a colocar na mesa e explicar para todo mundo qual era o verdadeiro motivo de tanto cansaço. Não, não conseguiria explicar tudo aquilo em alguns vinte segundos.

13.

Mas o calor, o desespero, a memória fixa da chefia arranhava a espinha dorsal de Roza de alto a baixo. Machucava. Batia e voltava. Esse sim o único eterno retorno existente dentro da cabeça.

O tom de voz, o modo de responder qualquer questão, a presença silenciosa na mesma sala. Incomodava o ritmo e a forma como ele existia no mundo. Aquele sentimento era um disco de vinil riscado, rodando e irritando.

- A imagem dele me volta o tempo inteiro, eu não consigo apagar.

Roza voltava a esses pensamentos, até quando distante do local de trabalho. Um cão que cutucasse as canelas de um cavalo, um gato atordoando o rato já entregue e sem defesa alguma, perto da morte, uma criança sendo enganada pelo irmão mais velho.
- Quero vingança, mas não consigo!
Era assim que Roza sentia-se sob as ordens os jogos diários com os quais o chefe a envolvia e nos quais ela sempre costumava se perder. A chefia trazia para Roza a postura do cacique Carlos, autoridade suprema de sua infância.
Que importava que Roza tivesse ajudado a salvar a vida de um paciente, ou ao menos tenha tido papel decisivo? O problema para a chefia era o termômetro deixado no lugar errado, o detalhe do procedimento da madrugada que não foi preenchido em todas as suas casinhas e espaços de x necessários. Relatórios e arquivos destinados à porra do pó e à umidade curitibana ganhavam uma importância central, e ela sentia que nunca dominaria essa manada de búfalos. Algo sempre escapava. E era nesse calcanhar de Aquiles, justamente nesses momentos quando o chefe aproveitava para esfregar o focinho de Roza no xixi feito fora do jornal, como se faz com os gatos, com os cães ainda filhotes. Eram esses estranhos animais predadores que fazem tanto mal a animais pacíficos e de reação lenta, como é o caso dela.
Aquele enfermeiro chefe estava dentro dela o tempo inteiro, apesar de todos os pedidos contrários que havia tentado fazer na gira da umbanda para aliviar a tensão.

14.

A opressão ressoava em momentos como agora, mesmo com todas as substâncias de amor e maternidade exaladas com os ossos abertos de Roza. Naquele quarto, branco e com uma janela imensa, onde ela não estava na condição de profissional, mas pela primeira vez na vida na condição de usuária. A vida nunca tinha lhe permitido o luxo de uma doença, nem uma gripe, febre, sinusite ou mal estar poderia ser levado em conta. Mas agora trazia nas mãos uma criança equilibrada nos braços, transpirando e chorando no calor de dezembro, tateando a olhos cegos os primeiros sentidos do mundo. A sua criança. Não o filho de alguma mãe magrela e jovem de primeira viagem, daquelas que não sabem dizer ao certo o que será o desenrolar das coisas, às vezes acompanhadas de um pai também muito jovem, com um rosto entre deslumbrado com a obra feita, assustado com o resultado, e sem muita firmeza se assumirá aquela situação para sempre ou tão somente por alguns meses. Este aqui, ao contrário, era filho de Roza, aos 45 anos, resultado de uma gravidez súbita e amada, como talvez seja o caso de todos nós, filhos do acidente e do planejamento nenhum. Filhos de despenhadeiro e do abismo onde nos lançamos sem pensar no futuro irreal e apenas no presente incrível. Todas essas novidades e o reforço de problemas antigos a esmagavam naquele quarto compartilhado, onde a outra gestante sequer prestava muita atenção em Roza. Raras vezes.

- E o nome do seu filho, qual é?

- Na verdade, não sei ainda.

- Não sabe? O da minha filha é Paula.

-Estou indecisa ainda. Pensei em Ernesto ou Camilo.

- Hum. Legal.

- Sim.

- É bem calminho o seu filho.

- Sim. Como a mãe dele.

Essa outra mãe e pai frescos nem prestaram atenção no momento quando Roza descansou o filho ainda sem nome no beiral da janela do quarto 303 do hospital.

15.

Havia certo medo no amor.
Certo disfarce daqueles impulsos irrefreáveis que o assaltavam de repente. Um convite a romper a rotina, apesar de precisar dela para se equilibrar e manter pendurado na janela o frágil vidro dos dias. Não era certo o que fazia com Lorena, Chicão sabia disso. Por alguma confiança que depositaram um no outro, cujo contrato expressava claramente: não é permitida a traição. Chicão pensava nisso, enquanto abria um pouco a janela para verificar se o dia lá fora estava terrivelmente azul ou no cinza habitual.
Certo é que deveria encontrar uma desculpa, pelo simples fato de não saber como equilibrar a verdade: ele não podia

contá-la completamente. Não só ele. Ninguém nunca pode contar a verdade completa. Pensou nisso e confortou-se um pouquinho. O problema também é que a outra pessoa a quem se ama não está disposta a escutá-la por completo. Lorena não estava preparada para escutar qualquer fato doído e ainda assim conjugar isso com as coisas que desejava. A mentira era um caminho seguro, um caminho distraído e possível que a correria do cotidiano ajudava a naturalizar. Ou, pelo menos, a atenuar por um tempo. Chicão se entregava a esses prazeres como uma válvula de escape, uma explosão, um caminho indefinido e um desvio de rota necessário. É certo que estava sempre mais aberto a criminalizar, mas não a ser criminalizado. Afinal, não aceitaria o caminho contrário, os mesmos gestos, se Lorena os reproduzisse, seriam insuportáveis para Chico. Naquele momento, ele não teria que tomar decisão nenhuma. Mas uma hora não poderia mais enganar Lorena, assim como não poderia mais enganar a pessoa que estava ao seu lado na cama. Chicão precisaria se definir, apostar nalgum caminho e não em muitos. O amor acabava e a racionalidade impunha a culpa, o arrependimento, a cisão. Sentir o vazio de tomar a liberdade de uma decisão. Não era isso o que Sartre perdeu páginas e mais páginas e mais páginas, pedregulhos e rapaduras, descrevendo no calhamaço chatíssimo de "O Ser e o Nada"? O quarto de pensão era barato, dividia uns vinte e cinco reais para cada um dos dois. Chicão lançava um olhar de relance para conferir se nenhum conhecido atravessava a rua naquele momento, o que, bem sabia, seria inútil se o acaso quisesse pregar tal peça. Despediam-se e cada um dos dois tomava uma praça diferente para tentar pegar o ônibus a tempo.

16.

No pensamento de Roza, bastava lançar primeiro a criança.
E logo depois segui-la rumo ao solo, à terra e chão de onde veio.
O terceiro andar era suficiente para não dar qualquer dúvida para a ação.
Atirá-la no val entre o telhado de pombas sujas e a marquise de arquiteturas de um tempo já perdido e decadente.
Não teria condições de cuidar da criança.
Não teria condições de cuidar de si mesma.
Já não tinha.
Que Curitiba, cidade solitária, cuidaria daquela mulher índia?

Mulheres brasileiras que habitam o entorno de vilas, comarcas e capitais.
Deixaria a criança aonde?
Em qual creche no período noturno? Qual amiga iria se disponibilizar?
Os últimos parentes viviam na fronteira, no Iguaçu, cuja nascente apenas começava em Curitiba.
Mas para Roza Curitiba era foz, não era nascente coisa nenhuma. Chegara ali não para procriar, mas apenas para começar a sobreviver.
Talvez alguns parentes estejam perto da rodoviária, na favela que se forma no final de ano abaixo do viaduto.
Porém, Roza estava com medo de espelhos.
Estava com medo de um mundo um tanto selvagem. Com medo de uma identidade que já não tinha. Estava com medo da tarifa da empresa de água, de energia, que subia a cada mês. Era preciso pagar e ela temia os canibais do cartão de crédito, da internet no celular, do ônibus biarticulado, da cerveja depois da reunião do sindicato, da acupuntura para o pulso que doía de tantas injeções aplicadas em cada um dos seus turnos, mas para o qual não conseguia descanso e tratamento.
Estava com medo da dona velha e branca da pensão onde Roza dormia de dia. Temia até mesmo o seu canário que não a deixava dormir com um canto bonito e cansativo.
Estava com medo de várias coisas. Temia o tédio dos dias e das operadoras de telemarketing. Temia os conselhos dos coachings no Youtube.

A manhã estava ensolarada, azul, como achava que só o céu de Curitiba conseguia às vezes ser.
Forte e jovem, o pai fresco dividia o mesmo quarto com Roza e segurou com força os quadris dela, mantendo-a numa vida que já não a contentava, e não a deixou saltar da janela, onde se apoiava, junto com a criança que acabara de atirar.
Sem saber, mantendo vivos todos os traumas.

17.

Desespero.

A opinião das pessoas passava de celular em celular.

Roza desligou o telefone e não o ligaria nunca mais. Na realidade, jogou-o com ódio dentro da privada, depois de tê-lo atirado contra a parede. Durante uns quinze dias, mais ou menos, jornalistas não deram trégua, encontraram colegas de hospital, vizinhos, uma prima distante no Oeste do Paraná, alguém que pudesse resgatar algum detalhe do perfil de Roza, agora devidamente reescrito devido ao fato chocante. Algum dado curioso que agora, com a morte do filho, passava a fazer sentido. Crime, castigo. Crime, castigo.

Ela sentia uma espécie de náusea quando via alguma dessas narrativas publicadas ou ainda surgindo na TV e no rádio de repente. E essas janelas de informação surgiam a todo o momento: na TV do busão, vitrine de eletrodomésticos, uma notícia de rádio num lugar qualquer falava do gesto intempestivo, inadmissível de Roza. Chegou a ser reconhecida no banco do ônibus. Antes, nunca era sequer vista. Mulher invisível na cidade que nunca foi dela. Obreira de um mundo que não lhe pertencia e cuja obra nunca assinaria.

A mídia cobrava um posicionamento da entidade sindical e de Chico, devido a Roza ser representante do sindicato no seu local de trabalho. O burburinho nas redes sociais era grande. A franca maioria esperando uma condenação ao gesto de Roza, no mínimo um distanciamento público e uma demarcação para com aquela atitude desumana, vil, bárbara. A direção do sindicato já estava com uma nota praticamente pronta para ser divulgada e publicada nas redes sociais, mas Chicão impediu que aquele texto fosse colocado no mundo. As pessoas queriam alguma condenação, necessitavam disso.

Tudo passava despercebido para Roza, como um universo paralelo, realidade distante de onde transitava, agora um fantasma visível.

- O que mais me incomoda é o olhar das colegas.

18.

Na unidade de saúde, quando retornou ao local de trabalho, respondendo em liberdade pelo crime, aguardando julgamento, mas já sentindo um olhar pesado, um sentimento de vergonha presente nos amigos e nela mesma. Como se agora Roza estivesse demarcada a ferro, a fogo, carimbada, e devesse manter uma distância considerável das pessoas. Roza, perigosa. Ela, representante daqueles trabalhadores na unidade de saúde, sentia-se solitária e sem conexão com mais ninguém. Foi transferida de unidade, chegou a pensar em buscar transferência para outra secretaria, talvez professora, talvez transferida para a fiscalização, talvez educadora de creche, talvez inspetora escolar, talvez fiscal de trânsito, talvez funcionária de algum parque distante e abandonado de Curitiba.

Da extrema tensão, Roza passou a uma chaga aberta que deixava de doer, a cicatriz nas bordas e já sem sangrar, uma dor que lateja indiferente, como a superfície da pele carcomida por bernes: dá para enfiar uma agulha lá dentro do pus e não sentir nada na carne que já gangrena.

CAPÍTULO 2

1.

Movimento lento.

Crianças à beira das janelas, passageiros esperando pelo momento de voltar para casa. Casais aposentados no jardim, sorvendo o mate e o tempo que escorria no final da tarde no Iguaçu.

Aquilo consolidava um estado de espírito que não era o das capitais e muito menos o do litoral no começo de janeiro. Não havia por ali procura nenhuma de veranistas frenéticos. O seu sonho fosse talvez alcançar um lugar onde sequer houvesse comércio, que ela já precisou fazer tanto. Era uma forma de instinto incompleta, um atavismo que provocava

Roza para amar coisas velhas, coisas gastas, coisas antigas, coisas ultrapassadas, coisas que já não mais. Um apelo a um passado que ela não conhecia, não sabia o que era, mas que preferia sim em comparação com as coisas de hoje. Um passado que não existia. Uma ilusão sua vida?

- Não serei eu mesma esse passado que já não existe?

No Iguaçu os banheiros não têm chave na porta, os comerciantes e cães são dados ao relaxo, ao descuido generalizado que tanto agradava a Roza desde os tempos quando buscava a praça Carlos Gomes para fingir por uns dez minutos que não estava trabalhando, apenas vagabundeando na praça. Fuga, escape, um lugar qualquer. Por que aquilo enfim fazia sentido? Encontrar um hotel barato na parte brasileira do Iguaçu, onde não conhecia ninguém. No dia seguinte, bem cedo: partir. Daí já não provava o instante entre a espera ansiosa e a proximidade da chegada. O que noutro momento já teve gosto de cerveja gelada no primeiro dia de feriado. A travessia de uma fronteira alterava talvez o clima e a densidade do ar, o tempo das pessoas e o jeito como isso se refletia nos olhos. O novo idioma e a sonoridade única, pássaros de espécies e habitat distintos. No Iguaçu, onde Roza acabara de chegar, não era apenas uma sonoridade mas, pelo menos, três idiomas e dois sotaques que se misturavam na estação rodoviária e na saída daquele ônibus. Dezenas de cães, grandes, médios e pequenos, amontoavam-se debaixo da escada de metal, enrolados na manhã úmida. O mundo em breve despencaria com o peso de todos os seus deuses. Ônibus com instigantes nomes como tigre da selva iam cosendo de volta a memória de Roza para um útero onde mais uma vez na vida ela adentrava.

- Conheço esse cheiro.

Aquele odor, aquela música e aquele ar, aquele tempo e aquele ritmo, aquelas dores e aqueles sorrisos amarelados. Senhoras e crianças índias assistem a tudo com indiferença. Os turistas, na sua redoma de vidro, não podiam perceber o que cada silêncio carregava naquela manhã de fins de dezembro e início de tempestades.

A prima esperava o ônibus sem horário certo. O abraço em Roza foi choroso, demorado. Noelia não tinha todo o contexto do que havia acontecido, a imprensa argentina não deve ter repercutido muito o assunto e preferiu naquele dezembro falar de coisas mais importantes. Um grupo de caçadores clandestinos de jaguares descoberto no parque das Cataratas. O balanço futebolístico do ano e a repetição dos principais lances. Alguma notícia relacionada aos posicionamentos do papa argentino. A crise na Argentina, onde havia um governo bolivariano, assim como na Venezuela e no Brasil, algo repetido à exaustão pelos comentaristas políticos. Um governo que deveria ser derrubado, de acordo com a fúria dos noticiários que Roza tanto temia.

Ela tampouco relatou maiores detalhes de tudo o que foram os últimos dias. Um travo na garganta e uma cascata de sentimentos desaguaram no corpo elétrico, rio pedregoso, que apenas balançava. Enquanto as duas caminhavam pelas ruas de barro vermelho-escuro, uma senhora cruzou o ca-

minho, dois moleques pequenos e um bebê recém-nascido a tiracolo, sustentado por apenas um braço e agarrado a um seio, enquanto aquela mulher de mil braços, mulher-polvo, carregava uma sacola, no que poderia ser uma tela e um personagem de pintura latino-americana. Os filhos, filhotes de elefantes, agarravam-se aos pedaços de vestido da mãe.
Tudo doía na memória, máquina incansável. Cada respiro de Roza continha a explosão de um choro, cada imagem era associada à tragédia de Curitiba.
- Não precisa dizer nada, Roza, só fica aqui como a gente, a irmã adiantou-se.
A voz de Noelia e o remanso do rio Iguaçu, o cheiro de terra úmida, a fumaça do almoço e das panelas aquecidas no chão. Todos eram discretos ao extremo na vila. Os mais invasivos, as crianças, suportavam aquela massa de sol e de ar úmido sem se recostar na soleira da porta.
Sem querer, em que pese toda a compreensão e a forma discreta de respeito à dor da irmã, Noelia sugeriu algo que, no fundo, doeu na sensibilidade irritadiça de Roza:
- Agora está em casa, prima.
- Obrigada, pois.
- De onde você nunca devia ter saído.
As crianças diziam, pulando do jardim de uma casa a outra, que a onça parda encontrada esses dias no parque das Cataratas do Iguaçu tinha passado pela vila. Enquanto cuidava da água na fogueira para o café, Roza entrou na brincadeira, arranhando o que ainda sabia da língua nativa.

- Sabem qual é o nome verdadeiro da onça parda?
(...)
- Onça-bodeira,
As crianças riam por tudo.
- Mossoroca, leão-baio, leãozinho-de-cara-suja.
Mais risos.
- Jaguaruna.
Logo abaixo corriam e se dependuravam nas bordas de uma canoa encalhada às margens do rio.

2.

A memória conhecia o caminho.

Não precisava de indicações ou da condução da irmã entre aqueles casebres espremidos, ruas e esquinas estreitas. Alguns ângulos tortos, outros que a lembrança de resgate trazia. Caminhos percorridos, fugas, como num pesadelo de infância. Neles, nos poucos sonhos dos quais se lembrava, passava por vários lugares, dentro de inúmeras casas, mas a maioria delas estava vazia, um cenário de terra arrasada, de filme de outra época.

Roza então adentrava na comunidade, abandonada há anos quando resolveu tentar a vida num curso técnico de enfermagem. Antes disso, já havia decidido ir a uma cidade da região vender artesanatos com as mulheres e crianças. Ela não havia voltado à vila nunca mais, evitava na cidade qualquer contato com a sua vida anterior, numa espécie de vergonha desordenada. Roza desviava dos sinaleiros ou viadutos onde os índios pudessem se concentrar; desviava da rodoferroviária para não ver os varais estendidos, os artesanatos coloridos. Desviava das notícias bárbaras sobre alguma violência contra um indígena. Evitava tudo isso porque as imagens eram um espelho, narciso inverso do que queria e poderia ter sido. Arriscou e o perigo, o risco, foi a desgraça de Roza, o sindicato, a cidade, a enfermagem, a chefia, o assédio moral e Roza tentando se convencer de que não era nada daquilo; ela estava outra vez na fronteira, ela era fronteira de si mesma, girando ao redor de dores imprecisas. Não se havia incorporado ao mundo frio e branco de Curitiba e voltava agora sem ser integrante da comunidade. No limiar entre dois mundos, dois idiomas, que se tocam apenas de raspão, que não se respeitam e não se gostam.

- Os lugares eram os mesmos, as pessoas seguiam sua vida igual como sempre, comentou com Noelia.

- E aí se vê você o quanto mudou...

- Vi coisas diferentes. Não me arrependo.

- Não se arrepende, Roza?

As mantas coloridas alheias ao tempo, enquanto Roza, demarcada como enfermeira, havia optado pela cor branca. Tudo conspirava para o imaginário de que o único lugar onde fora feliz era aquele da sua infância na fronteira, apesar de todo o seu peso e densidade.

3.

Pela manhã havia chegado o momento de Roza se defrontar com o cacique Carlos.
- Ainda não é tempo de Mirabel tornar-se cacica, refletiu Roza. Ainda era uma referência o velho, tanto mais para pessoas mais antigas como Roza. Elas cresceram sob o peso do olhar e da confiança de Carlos. Da segurança e as ordens que esse homem corpulento lançava para todo mundo.
- Como está?
- Estou bem.
- Ainda vamos decidir se você fica ou não.
- Mas eu não disse que quero ficar.

- Como é?
- Disse que não estou segura se fico aqui ou volto a Curitiba.
- Não é você que vai decidir isso.
- Tampouco você pode definir.
- ....
- Você pode dizer se eu fico ou não.
- E você poderia dever respeito aos mais velhos. Já se esqueceu disso?
- Você se esquece que as pessoas mudam. Não precisam te obedecer para sempre.
- Você sim mudou. Outras não. Perdeu o respeito.
- A gente não respeita por muito tempo quem não respeita a gente.
- Bom, não posso decidir se você fica. Mas posso decidir se você vai embora.
- Isso é verdade.
- Mas não precisa agora. Fique neste final de semana.

Um silêncio paralisou a conversa e pelo menos o rio que corria rápido desta vez atraía os olhares de ambos. Na confusão entre os idiomas que se misturavam. Na confusão mesma dos tons e componentes daquele rio.
- Por que fez isso, Roza?
- Sair da comunidade?
- Não. Matar uma criança.
- Como a notícia chegou até vocês?
- Como é hoje em dia, por toda a parte.
- Não sei.

- Não sabe?
- Desesperada.
- Não te vão a prender agora?
- Acho que não. Na verdade não faço ideia. Não entendo as leis.
- Podias ter atravessado a fronteira desse jeito, sendo processada?
- Acho que não na verdade.
- Por Deus.
- Vai me denunciar?
- Não preciso.
- Não precisa?
- Tua consciência já faz isso.

4.

Ao menos Roza encontrava conforto na frente do trapiche ou na casa de Emiliana, no chão de giz, terra e cal e na fogueira onde as mulheres se reuniam. Elas não a submeteram à acusações formais e até a pouparam deixando as crianças noutro espaço para que Roza não precisasse se remoer. Só o acolhimento da fumaça do café, das narrativas de desventuras de cada um dos povoados da região. Do itinerário e das viagens curtas dessas mulheres pelo Oeste do Paraná.

- E você foi atacada na rodoviária?

- Fui. Me chingaram. Mas pelo menos ainda deu tempo de pegar o ônibus, sair de lá.

Um lado de Roza trocaria tudo na capital por aquela cozinha perdida, onde as pessoas estavam juntas, era isso de certa forma que Roza tentava resgatar nos dias quando escapava de tudo e sentava-se às três da tarde na Praça Carlos Gomes, junto com as fudidas, com os putaços, as travestis, os músicos equatorianos de canções repetidas, as crianças negras e nuas banhando-se nas fontes junto com as pombas. Roza recuperava no seu corpo e na sua memória refazia os gestos de cenas perdidas, numa costura ao contrário. Roza rimava com memória indiretamente. E, em Curitiba, eram poucos minutos para tentar pensar e sentir tudo aquilo que agora tinha na palma de suas mãos, em frente ao rio caudaloso e com os pés descalços naquele chão sujíssimo de barro.

5.

Há uma semana, Chicão e Lorena não conversavam. Começou quando Chicão avisou, por volta das dez da noite, via celular, que emendaria as férias do sindicato com uma viagem para o Iguaçu. Não haveria questão alguma, não fosse o fato de que iria para a região em busca de Roza, para lhe dar as informações sobre a chance de retorno para a prefeitura, de onde não foi exonerada, apesar da pressão de usuários do sistema de saúde, preocupados com as crianças que passavam pela sua mão, colegas de trabalho, integrantes conservadores do sindicato, veículos de comunicação – todos que compuseram o tribunal contra Roza.

Lorena sempre aceitou a opção de Chicão que, hoje ela sabia, começou "Naquela guerra maldita" na ocupação quando se assumiu como uma das lideranças da comunidade. As reuniões eram estendidas até o começo da madrugada, os finais de semana passados em estudo e formação política. As greves colocavam a vida de ambos a serviço do seu epicentro, sem momento para descanso, para os detalhes cotidianos e bestas da vida, o que aos poucos deixava Lorena aflita. E, agora, outra vez em manobra para ajustar a vida dos dois às questões da luta, Chicão usaria as férias para compensar o peso de ter presenciado Roza ser apedrejada em praça pública.

6.

Lá fora tudo calmo?

Havia tomado um café magro e um pão com margarina. Através da janela do hotel, na frente da rodoviária, apenas o azul alaranjado do começo do dia. Aproveitou o momento e leu uma mensagem enviada por uma velha colega de trabalho. Dizia:

"Roza a gente fez tanta coisa junto, passou por muita coisa junto, eu tento convencer todo mundo que você é boa Roza, que teu coração é bom sim é de luta fez muito pela gente tudo, mas tá tão difícil Rosa, parece que está todo mundo contra você".

Fuga, escape, abandono de si, viagem, miragem, abandono, desapego, indiferença, tocar o foda-se, na direção de algum lugar. Um hotel barato, um quarto razoável, a noite cálida na fronteira, antes de ceder ao sol fronteiriço do Iguaçu. O importante era voltar a partir. A língua de Roza não era o português, o espanhol, o guarani, o que fosse. Falava algo que transitava e não se fixava em nenhum dos contextos, em nenhuma das falas. Agora também sua localização estava assim, não era da pensão barata de Curitiba, não pertencia tampouco ao casebre na frente do rio.

7.

Os rios determinam a fronteira entre os países. Em alguns casos, eles também delimitam o tamanho de um frágil ser humano, seu início, seu começo, nosso movimento. São poderosos. Não existe nada que tenha sido usado como espelho tanto quanto o rio, a inveja da sua velocidade, da sua força mansa, bonita, imperturbável. O rio que, idealiza-se, é um símbolo diferente da verdadeira faixa de água que hoje se destrói. Trata-se da nossa incapacidade de aceitar o obscuro e o cristalino ao mesmo tempo, segundo a luz que toca a superfície, pele porosa ao vento. Nossas forças e segredos são mais submersos, são pouco simples.

Lorena já se sentia saturada com a ingratidão, a falta de valor, tudo o que ficava mais gritante no balançar daqueles ônibus, no confronto e na comparação com outras vidas que se cruzavam e se conheciam nos terminais, no tempo de sobra que ela e Chicão desfrutavam naquelas paragens em plenas férias, mas que mostrava o esqueleto de problemas acumulado nesses anos todos.

O inevitável tédio agora caía como tempestade bruta na cabeça dos dois. O inevitável tédio, chegada última daquela e de qualquer viagem. Atravessaram áreas de livre comércio, selvas e cataratas que cegavam por um momento rápido, ofuscavam o verdadeiro objeto daquela empreitada, a busca e o encontro de Roza. Seria ela agora uma vendedora nalgum lugar do Iguaçu? Num daqueles milhares de quiosques, vendas, barracas, realejos ambulantes, meninos pedintes, índios descalços, espalhados pelas fronteiras dos três países? Seria agora uma ambulante? Chicão sondava as conversas antigas, buscava recordar se ela havia mencionado uma possível economia nesses vinte anos de serviço público, antes de ser afastada da prefeitura sob profunda pressão da imprensa. Teria voltado a acompanhar algum sindicato nessa região onde tanta coisa se resolve na base da bala, da ameaça velada, do cale esta boca? Estudantes da universidade latino-americana, que moram na república chamada 8 de outubro, em referência à data do assassinato do Che Guevara, foram atacados por um grupo de estudantes de extrema-direita, com direito a pichações em todo o prédio.

Para onde desaguou essa Roza, nessa imensa possibilidade de caminhos? Uma roza é uma roza é uma roza é uma rosa, com que folhas ela viajou e no leito de qual rio? Foi mordida por algum peixe na confusão de objetos que motiva a sua vista, foi bicada por um pássaro e levada para algum ponto não mapeado ainda?

Aqui, na região, clima e atmosfera onde o contista argentino Horácio Quiroga suicidou-se.

- Que situação você arrumou pra gente aqui.

Quando não estavam em algum programa turístico, aquela busca com direção nenhuma. Seguiam sinais, mais nada, conduzidos por Chicão.

- Você não me ouve, Chicão, sempre tentando coordenar tudo, das finanças a todas as reuniões do sindicato, sem deixar muito espaço, em busca do controle de todas as situações.

8.

O mundo, o mundo desabou.

Pedaços de árvores golpearam-se contra as vidraças.

Lufadas de vento assustadoras, cortando a luz por horas, mesmo tão perto de Itaipu e de uma das maiores fontes de energia do mundo. Lorena e Chicão ficaram no quarto do hotel, perto da rodoviária, animais entrincheirados nas tocas, sem ter muito para fazer, em estado de sono, a única atitude possível naquele momento. Algumas sirenes ao longe marcavam o rimo da chuva interminável, o barranco de terra vermelha desaguando na piscina, o mundo caindo sem piedade naquele hotel vazio.

Lorena apelidou aquele mundo de a cidade da chuva, onde o aguaceiro escorria de cima dos morros, de cima das casas, fluía por dentro das pedras, como se estivessem dentro de uma cachoeira mesmo. Chicão recordou o episódio quando Roza e pelo menos cem outras trabalhadoras não ligaram para a chuva glacial de Curitiba em julho, despencando cortante e espantando grevistas de primeira viagem. Roza não só ficou debaixo de chuva, como também passou a noite no plenário ocupado da Câmara, meias, calça, calcinha, camisas encharcadas. Chicão ficou com a tarefa de passar comida, frutas e água para os ocupantes através da barreira formada pela guarda municipal.

Chicão voltou a ficar em dúvida sobre o que estavam fazendo naquele fim de mundo, mas não podia fornecer munição grátis para Lorena, nesta busca, sim, de certo modo sem muita lógica, embora carregada de sentido e necessidade para Chico. “Roza talvez nem estivesse, ou nem estivesse mais, naquela região”. Auxiliar de enfermagem, teria se escalado para o grupo de voluntários às vítimas de tantas tempestades neste final de ano, uma forma de aliviar as tempestades mais angustiosas?

Mesmo se regressasse ao Brasil, talvez já não houvesse mais problemas. Seus quinze minutos de fama foram cumpridos pelo lado inverso, trágico e doído, mas agora no sentido de que a desgraça de cada pessoa teria quinze minutos para ser documentada e transformada num esplêndido espetáculo.

9.

Chicão e Lorena ingressaram no ônibus de cadeiras magras e sem estofado.

Não tinham certeza sobre o trecho, mas queriam chegar até a praia mais perto de Guarema, um refúgio de areia no interior do rio chamado Mar de Dentro. O motorista também não explicava muito. O motor ligado balançava a carcaça do veículo pronta para disparar e ele apenas acenava com a cabeça para qualquer pergunta feita. A única informação foi a de que a viagem podia durar umas quatro horas "no más". Logo na partida, assistiram a um debate entre o cobrador e uma dupla de amigos que entrou sem camisa naquela atmosfera massuda, fedida.

- E por que não posso ficar sem camisa?
- O que custa colocar a camisa? Eu estou trabalhando com essa gravata e não estou reclamando.
- Não custa nada, mas é um direito, eu acho.
- Pois eu estou trabalhando e tenho responsabilidades aqui.
- Claro, você está trabalhando. Eu não, hoje é domingo. Por que eu não posso ficar sem camisa?
- Cara, se você está com a sua mulher e eu chego sem camisa, todo ensebado, o que você ia pensar?
- É só sentar longe.
- O que você ia pensar?
- Eu não ia pensar nada.
- Escuta, então se eu estou com a minha mulher, eu não ia querer sentar perto de você.
- Não mete minha mulher no meio. Eu quero ficar sem camisa.
O tom de voz do cobrador aumentava.
- Você vai me obrigar a ser grosso.
- Seja então.
- Vai tomar no teu cu.
- Dá o cu que eu tomo então.
- Cara, vai se foder.
- Vai você, seu pau no cu. Fim de semana é sagrado. Fico como eu quiser.
- Tua sujeira é sagrada?
- Isso. Ela é.
A viagem seguiu, com um clima de ressentimento e provocação entre o nativo e o cobrador. O motorista ria, sua tarefa não

era ter responsabilidade sobre essas questões. Estrada longa à frente, o trecho de mato fechado à beira da estrada, os buracos, o caminho igual de sempre, as mesmas referências de sempre, no máximo algum imprevisto dependendo da intensidade da chuva. O ônibus seguia lento, cruzando vez ou outra uma pequena vila guarani ou um boteco no centro de um vilarejo. Varando poças, o mais comum era topar com verdadeiros templos erguidos no meio da selva. Um deles surpreendeu Lorena, que tirou Chicão da sonolência. A cúpula podia ser vista ainda na curva da estrada. Um cone branco, gigantesco, erguendo-se em meio às árvores. A maioria dos passageiros desembarcou ali mesmo, guarda-chuvas negros sobre a estrada poeirenta e calorosa de domingo. A abertura do templo era maior até do que as choupanas de madeira dos vizinhos, que ficavam ainda mais tímidas e esmagadas, de joelhos para a arquitetura feudal pesando branca e reluzente naquela terra de calor e poeira. O nativo sem camisa foi olhado com desprezo pelas senhoras, ao deixar o ônibus. Senhores, senhoras, meninos, meninas de roupas pesadas que desciam em fila. Ele devolveu o olhar debochado, enquanto seguia na mira do cobrador. Parecia suar de propósito, depois da condenação de todos. Coçou o pau. Ele e o cobrador voltaram a rosnar um para o outro.

- Fica esperando uma carona aí, palhação.

- Pega no meu pau aqui.

Lorena preferia a vida na cidade, o centro do Iguaçu, onde havia mais coisas a serem vistas e desfrutadas naquele janeiro. Mas Chicão parecia não ouvir.

- Você é obsessivo, Lorena cortou o silêncio daquele trecho.
- Como assim?
Chicão seguiu com os olhos fixos na cadeia de serras azuis, palmeiras e búfalos destruidores de paisagens como aquela.

10.

A vila de Guarema estava vazia.

Localizada no chamado Mar de Dentro, mar que na realidade era um grande corpo de rio. Rio que na realidade será mar, com o qual faz parte de um mesmo círculo. Mas de onde sempre brotarão gentes, com sangue humano carregando seus mesmos minerais. Mas é um rio, depositário também de tanta vida e de tanta matéria.

Pequenas casas de pescadores, algumas delas com janelas e venezianas cerradas. Um sol dependurado sobre os ombros, alguns poucos pescadores recolhiam suas jangadas e as embarcações, duas ou três crianças mergulhavam no trapiche esvaziado. Nenhum comércio.

- Roza falava daqui. Falava que era um local de refúgio.
- É tudo muito grande, a gente não vai encontrar ela nunca. Vamos aproveitar a viagem e esquecer dessa mulher. Por que essa obsessão?
- Já falamos sobre isso.
- Quanta gente já deve ter ido embora daqui.

Na estrada de pedras até o final da orla algumas casas de estilo português, entre as quais poucas pareciam habitadas, algumas carregavam placas, indicando que na região já houve fretes, turismo, moto-táxis oportunistas e locais oferecendo passeios para as outras comunidades do Mar de Dentro. Uma teia de articulações e caminhos que se construiu ao longo de séculos e que agora ninguém sabia bem ao certo como usar.

- Não tem mais nenhum jovem nessa vila, todos na cidade estudando, decretou o velho de setenta e seis anos, dono da única pensão que ainda resistia em Guarema.

O cão no azulejo frio do refeitório, desfrutando um direito que sequer os moradores tinham. Ele estendia o corpo e, no máximo, levantava os olhos rosnentos. Era o único lugar fresco da vila. Um grupo de velhinhos, entre os quais o senhor dono da pensão, recebeu Chicão e Lorena, assustando os dois com o preço baixo da hospedagem.

- Mas temos que avisar que não temos água.
- Por quanto tempo?
- Não sabemos.
- Como assim?
- Estamos sem água há dois dias, e vai demorar para voltar.

- Sempre acontece isso?
- Já faz alguns anos.
- Caramba.
- Pode comprar refrigerante e água com gás aqui do lado, mas é domingo, não vai abrir. Só amanhã.
- E da onde vem essa água?
- É boa, é da cachoeira, a empresa do estado é quem trata.
- E por que o corte da água?
- Não sabemos.
- E antes era assim também?
- Não. A gente acha que não.
- Há quanto tempo isso?
- Uns oito anos.
- Ninguém faz nada?
- Não. O vereador ia encaminhar um projeto para arrumar a tubulação, mas não temos notícias.

O dia foi arrastado, na irritação pegajosa da sede. A lua pesava mesmo em um percurso de poucos metros, da hospedagem até a orla e o miniposto de gasolina, onde motos e caminhões abasteciam na frente do Mar de Dentro, mar que na verdade era um rio caudaloso, coração pulsante, como se o rio fosse o mar daquela gente.

Água que despertava olhares e expectativas, trazia gente, estava sempre em movimento, seu fundo era desconhecido, sua história ancestral, mas era um rio, não um mar ainda. Os pescadores indicaram que ninguém fazia o caminho até Quebra Rio, destino, ponto final, última comunidade acessível onde Chicão queria encontrar Roza –, uma infinidade de nomes inimagináveis, nomes que levam a outros nomes. Vidas que levam a outros caminhos, rotas traçadas por pouca gente. Comunidades de patriarcas desaparecidas no meio do verde. Mas ninguém conhecia este nome: uma Roza. Quando muito, algumas casas ainda tinham vida e o verdadeiro objeto digno do nome de rosa pendurado nas suas varandas. Com os homens do Mar de Dentro, mar de água doce, mar na verdade fluvial, Chicão descobriu que ele e Lorena tinham feito uma cagada, que não precisavam atravessar todo aquele trecho até Guarema por transporte, bastava ter alugado uma barca no Iguaçu, e pronto, teriam chegado mais rápido ao destino buscado desde o início, sem ter que dar tantas voltas. Alguns riram da manobra considerada equivocada. O humor de Lorena apenas piorou. Chicão explicou que não tinha problema. Com isso, conheceram um trecho novo de estrada. O que só aumentou mais ainda as risadas, e ao menos garantiu certa intimidade com os locais.

Logo depois veio um silêncio largo, da dimensão daquela vila, quebrado com a missa e com o culto do final de tarde. Os dois templos, católico e evangélico, ficavam um diante do outro. A modulação mais alongada dos cânticos católicos chocava-se contra o ritmo contemporâneo do templo, que se parecia com um ritmo rancheiro, marcial.

O único quiosque naquele momento oferecia cerveja e pastel de siri, o jantar dos dois. Naquele calor, a cerveja era necessária, mas logo vinha a sede. Do alívio imediato, a cerveja

se tornava em pouco tempo sal, preço cobrado na garganta deles, como se tivessem quase bebido a água do mar – ou do rio.
Velhas acusações voltam à tona, o questionamento sobre estar nessa região de sambaquis, tanta história não contada, sangue de colonização e confronto de mundos.
- Esse puto lugar.
- Relaxe.
- Tenho o direito de achar tudo isso aqui sem sentido.
- Você só reclama.
- Os homens só sabem dizer que a gente reclama.
- Um lugar que não tem nem água. Por que as pessoas não se organizam e fazem alguma coisa sobre a própria água?, Lorena provocou Chicão, já sabendo qual seria a reação.
Um senhor de óculos escuros, bem articulado, certamente um pequeno administrador ou aposentado vivendo na região, entrou na prosa dos dois sem pedir licença.
- A culpa é da porra da bolsa família e dos médicos cubanos, isso é o que está destruindo Guarema.
- Mas tem algum médico cubano aqui?
- Não sei. Tem, José?
- Não tem.
- E a culpa é dos médicos cubanos?
- Parece que sim. Todo mundo votou aqui no PT e agora todo mundo está acomodado com a bolsa-família.
- E qual é o problema da bolsa-família?
- Não dá para nada, é muito pouco agora.

- Se não dá para nada, as pessoas não deviam estar acomodadas, não é verdade?
O senhor bufou e Chicão apontou a mira da conversa para o garçom, que até então observava a esgrima de palavras.

11.

O dia decaindo lentamente sobre a orla.

Não havia para onde ir e a conversa no bar dos pescadores ainda assim era um ponto de refúgio.

No quarto, a noite desceu horrível. Pernilongos invencíveis tornavam o tempo arrastado. O ventilador antigo não aliviava a massa de calor e suor instaurada. Não era possível abrir porta e janelas, até porque Chicão temia escorpiões, armadeiras, lacraias, insetos ameaçadores de toda a ordem. Não havia água, Lorena ainda buscou por duas vezes na madrugada o milagre de que a água surgisse na torneira, mas apenas um filete de líquido amarelado escorreu como um orgasmo triste. Os corpos na cama se moviam, abriam e fechavam os olhos, uma espécie de ritual de amor ao contrário, que despertava apenas mais e mais irritação em cada um dos dois. Corpos que se encontravam e logo se distanciavam. O tempo se tornava então uma rocha no mar, imóvel, apesar do movimento contrário, da expectativa e da ansiedade dos corpos. Os desgraçados dos mosquitos focavam seu ataque nas áreas sensíveis das mãos e palma dos pés. O inseticida fedia e deixava em ambos a sensação de aspirar veneno barato. Puta que pariu, filhos de uma puta, que merda, que bosta, que caralho, que cu, que boceta, vão se foder, que inferno, maldição, os palavrões de Chicão e Lorena faziam um dueto naquela noite desafinada, chegando àquele vazio absoluto, no nível de transe que se aproxima, margeia e inicia a agressividade. Derrotado pela falta de sono naquela região, Chicão inclinou o corpo para frente, encheu os pulmões, rompeu a película do silêncio. Finalmente, a coragem de quando não se aguenta mais. Decretou:

- Lorena, preciso muito te contar uma coisa. É sério.

CAPÍTULO 3.

1.

Quebra Rio, uma vila, vilarejo, comunidade, ainda menor que os agrupamentos humanos chamados por esses nomes. E o lugar parecia mais esmagado ainda pelos dias, pelos sóis, pelas luas, pelos morros do entorno, pelas árvores centenárias. Aquela comunidade foi a principal vítima das tempestades de dezembro. As equipes de reportagem não se aventuraram a chegar até ali, cerca de três horas longe ainda de Guarema, no sentido inverso ao Mar de Dentro, no lado brasileiro da fronteira, contra a corrente do mar que na verdade é um rio. Mas a passividade não permaneceu no coração dos nativos de Quebra Rio, a maioria deles pescadores, professores e estudantes da única escola da vila. Reuniram-se na casa de cultura local. Depois de uma assembleia lotada e turbulenta, lançaram-se à guerra. Da assembleia para a ação do protesto foi preciso menos que uma hora. Não eram muitos, menos ainda do que a comunidade de Guarema. Mas correram para a orla e reuniram as poucas embarcações que sobravam. Eram, ao todo, três barcos de pesca, duas lanchas voadeiras, duas jangadas, algo assim, e contornaram um navio de passeio de turistas, em pleno Mar de Dentro, rio que mais parece um mar, cessando qualquer rima, riso e movimento. Com isso, foi organizada então uma espécie de barricada fluvial, da qual não se tem notícia se foi a primeira na História da luta de classes, uma greve, braços cruzados tendo como pano de fundo o trabalho em um rio. Um bloqueio de estrada, ou melhor, de águas. As canoas de madeira nativa bloquearam a passagem do navio turístico. Um pacote milionário de uma semana pelo Mar de Dentro estava ameaçado por aqueles pescadores, indígenas, selvagens, caiçaras, aqueles quase terroristas.

Apesar dos quartos impecáveis, do cassino e da sala de jogos, os setenta passageiros, muitos deles em família, apontaram para os pescadores e para a comunidade seus aparelhos celulares e dispararam à vontade. De todos os ângulos, as armas que possuíam. As mensagens nas redes sociais pediam socorro, davam conta de uma situação dramática, horrível aos olhos de parentes e amigos. Com rapidez, a imagem correu o mundo para além daquela fronteira fechada em si mesma, despontou nos telejornais, exímios narradores do drama daqueles viajantes que pagaram pelo seu pacote turístico milionário de final de ano e sofriam agora este tipo de prejuízo. Significava prejuízo em jogo. Prejuízo à economia e à imagem do país. O governo começava a ficar preocupado com as críticas de negligência e abandono com toda aquela região, o que agora trazia consequências, a revolta popular. Finalmente, correspondentes de veículos de São Paulo, Curitiba, Assunção e Argentina chegaram ao local. A situação de Quebra Rio depois de temporais era resumida em lama, compensados das casas que voaram para todos os lados, árvores despencadas e mercearias com seus estoques empapados. A comunidade estava unida, ao contrário do que Chicão vira em Guarema, quando o definhamento da cidade era nítido, consentimento de um velho em doença terminal, quem deseja apenas que a morte se consume o quanto antes. E cidades e vilas também podem falecer ou se extinguir.

As jangadas resistiram um tempo considerável naquela barricada fluvial, que já havia virado uma apoteose carnavalesca. Bandeiras da comunidade, estandartes do centro de cultura eram esticados na corda de um lado a outro do rio. Bandeiras dos movimentos populares paraguaios, argentinos, brasileiros, que acudiram em solidariedade, fronteiriços, quando aquela gente com rugas na cara bloqueava o navio de turistas de nariz fino empinado. No fundo, não era só pela água, mas a falta de esgoto, de transporte, de internet.

Distraidamente, o Mar de Dentro não era apenas um rio majestoso, mas acabou virando um símbolo de deságue, de encontro, de povos tão separados, distantes e fragmentados. Todas as teses eram lançadas pelos colunistas da mídia e repercutidas à exaustão nas redes sociais. Houve mesmo um mêne que circulou com a imagem de Hugo Chávez batendo continência para os caiçaras organizados em fileiras, todos uniformizados de vermelho. Um ideólogo de extrema-direita chegou a pedir intervenção militar atribuindo a resistência dos caiçaras a um possível foco de ideologia comunista. Seus militantes, seguidores de Ernesto Che Guevara, tinham chance de ampliar a guerrilha. Por isso, o exército precisava agir rápido, ainda que isso tenha significado apenas o envio de uma lancha, três homens e mínimos donativos. Um jornalista fez longa explanação no telejornal da madrugada explicando a questão indígena como irascível e turbulenta e o atual governo como incapaz para controlar essa bomba-relógio. Em breve, de acordo com o apresentador televisivo, o Brasil seria um novo México, uma nova Colômbia com seus guerrilheiros, isso na fronteira entre três nações e a mais perigosa delas, o Paraguai, geraria uma situação incontrolável. Foi nesse turbilhão e nesses dias agitados que Chicão pisou, três dias antes, com os pés na água, depois de finalmente encontrar um barqueiro disposto a ir à Quebra Rio, vila de inesperada resistência.

2.

Partiu sozinho.

Antes disso, foram dois a três dias tumultuados que ainda carregava com ele. Desde o dia sem dormir, com gritos de Lorena e também seus na pousada, quando contou a verdade sobre Roza e o filho morto.

- Para que me contar isso agora? Para que desenterrar toda essa merda, Chicão, seu cretino, filho de uma grande puta! Isso faz um ano?

Às quatro da manhã, a pousada toda clamava pelo silêncio.

- Era para essa assembleia que você ia? Era esse trabalho que você fazia com a Roza, seu cretino?

Diálogos que não saíam do corpo de Chicão. Talvez nunca sairiam. Agora ele estava em Quebra Rio, em busca de Roza e no meio da turbulência. Na primeira noite, Chicão acampou na praça da cidade. Ali mesmo, ao lado dos pescadores, onde havia uma tenda e cachos de banana para todo mundo. E havia água, tomada numa primeira golada infinita, onde Chicão teve a exata sensação do que significa depois de muito tempo aplacar uma sede.

3.

O rio manso, corpo de lesma, recebe nossa pele, partícula minúscula naquele todo, absorve-a na sua teia densa de ondulações e movimento contínuo. Os dias de calmaria retornaram ao Quebra Rio, deixando os dias de luta para um futuro talvez não tão distante, mas agora inacessível. De tudo, a maior conquista para um agrupamento de pessoas: a memória de como agiram. Alguma imaginação do passado, alguma memória transmitida entre aquelas famílias permanecia na pele, na mente, na voz, na fala e nos relatos, nos risos e na inundação contida em cada lágrima, maré que se moldava e comprimia a si mesma, poder do imaginário, narrativa de alguma força estranha. O que gerava um relato de que o povo do Mar de Dentro era dado a revoltas por aquilo que mais ansiavam.

Roza devia ter escolhido o lugar certo mesmo de acordo com a sua personalidade e vivência: um lugar turbulento. Ali onde tudo deságua, talvez voltar ao mar que conhecia, o mar de propriedades minerais, matéria-prima-bruta-carregada de vida.

E depois da barricada das canoas essa ideia de revolta e resistência renovou-se. Óbvio que nada disso transparecia. Aqueles dias de madrugadas sem sono acampados na praça da cidade voltavam a se recolher para dentro do mar, para o Mar de Dentro, de gosto salgado, mas de água doce, para aquele rio que dava vida e sentido para aquele conjunto de casas e de pessoas – agora novamente seu calhau estava desobstruído.

4.

E era retomado o ritual na vida de cada um.

Nalgum momento do dia, no entardecer ou no início da manhã, era preciso render culto àquele corpo vivo do Mar de Dentro, um rio agitado, mas também acolhedor. Lá, dois jovens, corpo talhado em bronze, apostavam corrida, os pés naquele chão de conchas cortantes que quase os rasgavam. O corpo magro de adolescente com rasgos de adulto desaparecia e reaparecia na superfície do líquido brilhoso e calmo. Desaparecia de novo e voltava com risadas. Flutuava de costas esquecendo o próprio corpo, carne estendida ao sol supremo.

Uma franja de alga nova e estranha flutuava próxima à fileira de pedras. Eram escuras as algas e os meninos observaram e tentaram retirar aquela maçaroca de pelos do rio. Ao puxar, peso incomum, caso daquelas espadas mais pesadas do que aparentam, essas algas negras trouxeram consigo uma cabeça de medusa, porém sem olhos, com o maxilar aberto e os dentes assustadores. Os três dentes principais que Roza conservou até o final da vida. A espinha, presa numa das pedras, rachou-se e separou corpo e cabeça.

Com o peso do impacto e a quebra das vértebras, o corpo do menino foi arremessado para trás. Como um peixe assustadiço, um golfinho esguio, desprendeu-se do olhar da medusa e veio a imergir a uns dez metros das pedras, carregando os amigos com a força do seu grito de pavor. O grito dos moleques voltou a deixar Quebra Rio distante da tranquilidade sagrada.

5.

Acordou do sonho.

Era o seu desejo inconsciente, medo de Roza, vontade contraditória que estivesse mesmo morta? Dificuldade de lidar com o que é fluído e vivo, quem mata o que ama. O medo das escolhas, a ameaça de uma Roza livre que, também, você Chicão, no seu fundo de homem, demonizava?

6.

"Eu apenas olhava a alegria do teu corpo, no ritmo marcado, teu sorriso e traço, modernista completo, de acordo com a púbis, rins e pernas magrelas, o giro da saia, a estrela rosada, Roza no primeiro encontro que te vi agora, o encontro no formato sempre da minha memória, logo a lua em prata, noite na chácara, brilho cego de nossa esperança, embasbacado, olhava o céu de nuvens cortadas, barriga de tartaruga, batuque no qual você Roza dançava, eu apenas tambor, meu olho que te mirava, o corpo presente na luta, na posição de vida que escolhemos, a greve, a mobilização, a reunião em local de trabalho, o pão com margarina na sede do sindicato à noite, o final de semana preenchido de atividades, você inteira, você presente, a alegria do corpo que naquele momento não se separava da vida, do sentido, dos teus e seus pronomes muitos".

7.

Pensava no amor que sentia ou que podia vir a sentir e aprofundar por Roza. Rozália, Rozalina, Rosélia, Roselinda, Roseira, Rosinha, Rosaflor, que importava? Ela foi encontrada morta no pesadelo. Teria finalmente cumprido o que já trazia dentro de si? Chicão maquinava situações, mas logo se chocava com o fato de que já não mais. Não mais? Teria sido ela mesma encontrada no Mar de Dentro ou apenas o imaginário masculino de Chicão remetia à perda? Começava então a pensar no seu filho, seu terceiro filho, que hoje permanece apenas em algum arquivo de noticiário graças a uma tragédia, enquanto os outros dois estão pelo mundo, no abandono de dois casamentos desgastados. Um filho real, mas transformado também em quinze minutos de exposição trágica na mídia, pauta de noticiários descartados já no minuto seguinte. Pensava e não pensava, esvaziava a cabeça, ia e vinha, como um mar de dentro, um mar que na realidade é um rio, que vai e vem, choca-se, morre e renasce, e não perde o movimento. Chicão contornava qualquer resolução possível e, frente a todas essas questões, abria parênteses, pensava em quinhentas coisas ao mesmo tempo, enquanto bebia solitário na orla bagunçada e suja de Quebra Rio, passados tantos temporais. Logo voltaria a Guarema, depois ao Iguaçu e de lá para Curitiba. Roza fez seu retorno, movimento de peixe de desova onde nasceu. Chicão voltaria agora ao seu velho porto, ponto de partida, porém porto sem volta.

Naquele momento de urgência, de entroncamento de caminhos na sua vida, encruzilhada que os rios no seu movimento geram sobre a terra, ele não conseguia ao certo pensar no que havia acabado de acontecer, como se a maré da sua cabeça carregasse os pensamentos de Chicão para coisas inúteis e nada urgentes. Futebol: o Barcelona vencendo mais um campeonato na televisão, alguma memória de um episódio passado com os pais, não tinha controle sobre as conexões do que pensava. Queria resolver insistentemente em sua cabeça coisas que talvez já estivessem de forma simples resolvidas. Política: mais um direito trabalhista arrebentado pelo governo golpista. Violência: mais um caso naturalizado de agressão a uma mulher.

Roza estava sem água, luz e cor neste momento. Havia desabrochado tantas vezes, mas agora nunca mais a chance de um ciclo novo. Antes disso, seu filho havia sido atirado da janela do hospital. Ele podia ter evitado? Ele não conseguia completar qualquer raciocínio. Roza, assim como já ocorreu com ele, houvera sido perseguida? Estava envolvida de alguma maneira também com a revolta dos pescadores do Mar de Dentro? Ou apenas deu conta de uma vida marcada pelo choque poderoso entre várias identidades não consumadas e incompletas?

- "Não sei. Sei não."

8.

Um gosto de saudade da moto que Chicão havia financiado. Curitiba, aquela triste capital, era atravessada de sul até o alto do norte, bem acima dos sessenta quilômetros por hora permitidos, o risco de se misturarem os dois na morte como já haviam feito em vida. Qual a diferença? Que saudade de quando ele passou a se chamar Roza e ela, por sua vez, virou Chicão por curtos momentos de descuido e não havia nada fora daquela moto, fora daquele motel vagabundo no qual o primeiro quarto estava infestado de baratas semimortas. Eles criavam uma história, com letra minúscula, mas uma história no interior daqueles dias de vias rápidas e também de cobertores curtos, pequeno trecho curto e comum de interesses e desejos, de fogo, de coisas inesperadas que deram origem aos dois, fundados na política e na vida. Na falta de grana, havia tantos cantos e quebradas, pequenos locais de turismo barato, recantos sem grande importância, a represa do Passaúna com uma tonalidade na água, primeira e única, vazia e silenciosa, onde Roza podia balançar os cabelos no vento tal e qual aquelas águas mansas e moventes.

Nem a velocidade da moto e dos dias, nem a falta de carga alguma.

Como lidar com o peso da memória? Que fica, ultrapassa, e para onde ela seus demônios deságua?

9.

Agora, os passos de Chicão.

Caminhava para casa numa madrugada que já não contava com transporte coletivo, de volta à capital. O filho, Roza, e também Lorena, distantes agora da sua vida, que só recomeçava ou ao menos seguia seu curso.

A casa estava parecida um pouco, ou lembrava de certa maneira, a turbulência que Chicão encontrou em Quebra Rio, um pouco do vazio encontrado em Guarema, um pouco da expansão do Iguaçu, das pessoas do Mar de Dentro, e do silêncio de uma comunidade abandonada.

O peixe beta flutuava de cabeça para baixo, depois de resistir dias na água sem nenhuma comida além da poeira na superfície e as suas próprias fezes. Estava paralisado. A longa cauda colorida uma bandeira queimada, o charme perdido, a perda de cor. Já não se via aqueles movimentos de bailarino, aquela circunavegação divertida do peixe, quase um astronauta da lentidão e da leveza.

Nada possuía movimento dentro da casa. Uma parte dela bagunçada, armários revirados, vazios deixados pelas coisas que Lorena transportou na manhã de um sábado de sol. A estátua de um São Jorge de cabeça decepada, atirado ao chão, pequeno deus cronos brasileiro, que devorou os filhos pela cabeça e era agora devorado. Quem o protegeria agora que as estátuas da casa estavam todas destruídas?

Boa parte dos livros haviam sido atirados contra a parede. O mural tinha frases. Eram algumas das palavras pelas quais Chicão passou os olhos, mas preferia não voltar a elas.

Algumas plantas levadas, outras pareciam já mortas. Não tinha certeza se renasceriam. Entre cacos de cerâmica, terra, papéis de livros e de arquivos soltos, Chicão adentrava na casa, pé ante pé, como um lugar estranho, concentrando todas as sensações, menos a de que ali era o seu lar ou no mínimo um local para se sentir protegido. Ciranda forte de imagens, circo louco aglutinando todos os erros e descaminhos da vida. Medroso de si mesmo, já não era mais. Embora gostaria de fugir dali, naquela casa que agora escancarava todos os seus conflitos. Culpa por Roza. Ao mesmo tempo, ele já havia corrido bastante e o incrível é que naquele momento de destruição conseguia estar inteiro em si mesmo, conseguia ver as coisas de forma cristalina. Destruído completamente, Chicão estava vivo. Completamente vivo.

Restava um sentido de liberdade estranhado, alheio e avesso, espinhoso, distante de si mesmo, um caminho livre detrás de muros destruídos, uma sensação de dor que não carregava nenhum drama e chegava quase a ser paralela com a liberdade. Seu filho estava morto e as coisas se apresentavam para ele como apenas memória. Lorena tinha ido embora definitivamente.

Chicão tentou varrer a casa, arriscou os primeiros movimentos, mas logo viu que não conseguia, que tudo incomodava naquele lugar. Era quinta-feira e ele devia buscar algo para preenchê-lo. Lembrou-se de ir a uma assembleia do sindicato. Ao chegar, logo de cara, sentiu vertigem e um certo pavor. Entre as pessoas, Chicão via renovado o rosto de Moreli, que, mesmo de longe, abriu aqueles braços-asa largos como o sorriso agora de ouro, preenchendo a antiga banguela, e apenas acenou como sempre fazia:

- Fala aí, meu comandante!

Impresso em papel polen soft,
tipologia Minion Pro 12/16, no inverno de 2021.